集情理之言，抒解胸中之抑。

抒抑

薛穎言 著

讀者序言

　　穎言微我，說他快將推出的新書《抒抑》已寫作完畢。

　　一直以來他的文字基本上我都認真閱讀過，為表敬意，我還自告奮勇要為他寫一篇新作序言。

　　雖然我平日也會以舞文弄墨為樂，但要在大作家面前曬文字，免不了內心有點忐忑，於是拖拖拉拉了一段時間到現在才將序言寫出來。

　　我身為他多年來的粉絲，至今彼此的關係已發展到朋友閨蜜的程度，我漸漸了解到他對文字創作的執念，及對自身極嚴格的要求。

　　他曾對我說：「世間沒有懷才不遇的人，除非你本來就是個草包，無才扮有才。」

我也不知道他怎麼會有那麼多的故事，和那麼多源源不絕的滿腹經綸，穎言這樣的人就是有很多的奇思妙想和寫不完的文字。

我曾聽人說過：「欣賞一個人是始於顏值，敬於才華，合於性格，久於善良，終於人品。」

穎言就是那種讓人一看上去心便生敬畏的人，相處日久才發現他的可愛以至生活上各種各樣的細節，更重要的是他對文字的認知和運用已達到爐火純青的地步。

他隨便幾分鐘便能創作一個引人入勝的小故事。對他來說，飯可以不吃，持之以恆每天寫文章作散文卻是欲罷不能。日以繼夜的創作，是他對讀者的殷切期待的最大回報。

欣賞穎言的文字就如淺嘗加了冰塊的威士忌，當開始閱讀時，他的文章不一定能馬上吸引到你，你也許並不了解哲文內所包含著的底蘊，可是就我而言，每當我一看再看時，我不但只完全明白，還可深入體會而且感同身受。

往往看他的文章我要趁靜夜裡，恬靜安定的環境可以讓人有更多思考人生的空間。

穎言的生活極簡，衣履行裝清一色的黑，每日三餐從不挑剔以飽肚為重點。他大概是不想日常生活落入俗套裡。

　　他有時隨和，有時候又會固執己見，和他相處久了，對矛盾的他既敬仰又討厭。

　　他對文字的執著自然是不必言說，生活中也極其自律，記憶中他從來不曾遲到，答應了的事一定謹守承諾，說到做到。

　　他無論有多累或多夜，每日發文的習慣必不可少⋯⋯我有問過他，你這樣每天寫寫寫，會否有日用盡所有智慧，導致靈感乾枯？他說：「下筆如有神助，我文章全部都在腦中，寫得多反而會越來越好，奇怪地每天靈感如泉湧，從不至於寫不出文章來。」

　　認識他的日子不長也不短，每日必然會拜讀他的文字。從開始時讀了他那部似懂非懂的《心哲精文》，我會受到他的啟發，慢慢了解到人生的深不可測。

　　《抒抑》這部新作和上一部的不同之處，是裡面載有許多故事敍事，故事的人物有你有我，也有穎言本人的影子。生活雖不易，我們更該多從文字著作中得到治

癒心靈的契機。作為他的讀者，要細看，再細品，慢慢地便會了解到穎言如何用文字解説人生。

　　薛穎言為人清高傲氣，讓人難以看懂，了解他的文章後，便會越來越掌握到他的心路歷程。多看穎言的書，就會給你不一樣的哲思啟發。

時淑俊

二零二一年七月二十六日

自序

　　當人行正衰運時，須謹記運氣總是此一時彼一時，憑堅毅不屈的精神面對現實並挺過去，當否卦臨極必定來個 V 型反彈的泰卦來。

　　兵來將擋，水來土掩，對強者來說，就算禍非單行，一時三刻被惡運雙重夾擊，他們反而只會遇強愈強，奮勇戰鬥到最後勝利。

　　可是有種厄運有備而來，它胸懷惡絕狠毒之心，決心要徹底擊殺我於年輕時期。

　　克毒攻訐的意志，挾著強大人為力量，再配上最單純又極鋒利的銳刃，當面對著三股惡煞構建出來那足以取我性命的毀滅力量，我就如小綿羊一樣，頃刻間命懸一線，手無縛雞之抵抗力，即便試圖去頑抗。即使後來我僥倖存活，人生自此變得弱不禁風，一蹶不振。

　　貧困最辱人志，只因為貧窮的意象如長期工作和生活在泥土之中，只要窮人抵不住暑熱天氣赤膊脫足，一身泥塵任憑多少清水也永遠洗抹不清。

　　長期病患等同於被動地服用慢性毒藥，它使人站不穩走不遠，我還年輕之時就算志氣有多大，距離目標之遙對於作為長期病患者的我來說稱得上是痛苦無奈的有志難伸。

　　所謂協同效應的意思，是客觀現象並不由單一事件造成。貧病所帶來的壞處代代相傳，當我還年少無知之時，所承受著貧病交迫和不幸，那種遇人抬不起頭來的有辱無榮之感，直到如今事過境遷，儼然歷歷在目，記憶猶新。

　　五十歲中年的我，半生本領不高，德行亦平平，學業事業因疾病之桎梏變得乏善足陳，罹患終身的疾患呼之不去，吃了幾十年的苦藥，它的重要性比鈔票更甚，早晚各一劑，日日如是缺一不可。

　　我的最大長處，是尚曉得中英文並用，半生災劫頻頻彷彿身已陷於半生不死，卻死剩尚能說出話來的一張嘴巴，以及從不怠惰去發表文章的能力。

除了文學、哲學和歷史，我半生醉心於風水命理和術數玄學，我的上半生曲折離奇從不曾為外人道。

　　幾曾一棵只有二十米高的樟樹，忽然被一老練的伐木匠選定了。樟樹樹齡不大，樹幹卻粗壯可觀，伐木匠見奇貨可居，想砍下來作樟腦和製作傢具櫃欏的原材料。他執起一把斧頭，深呼吸一下，以熟練的伐木技巧，準確地向同一高度的樹身重砍三下。

　　斧頭的金屬部分出奇地被樟樹樹身卡著，伐木工用了九牛二虎之力卻難以將斧頭拔走。他最終無可奈何，唯有不了了之，棄斧步離。

　　樟樹受了三砍而不倒，繼續以殘軀向上生長，卡在樹身的斧頭隨著樟樹樹幹的生長和偶發性的風吹雨打終與幹身分離。

　　循年日漸去，樟樹雖長期身弱卻不致枯竭倒下，它身子不高，根深柢固於肥沃的土壤之下，受著身旁一眾大樹之庇蔭，壽元和一般大樟樹並無分別。

　　遊人見被砍過三次的樟樹仍然苗壯麗華，不禁讚嘆它的強大生命力。

老遊人是識樹之人，當被一眾同伴問及小樟樹奇蹟存活的緣由，他說：「李時珍《本草綱目》記載，樟樹，其木理多紋章，故謂之樟。」

眾人聽說並不明白。

老遊人說：「樟樹的一生大有文章，這樟樹不死完全因為它活於理而合於理。」

黑格爾說：「存在便是合理。」（What is reasonable is reality, what is real is reasonable.）

李白：「天生我材必有用，千金散盡還復來。」

我雖名不見經傳，作為長期病患者經驗過與體健的人截然不同的生活，亦因如此我對人物事物、人生百態有過既深刻亦非常獨特的見解。

近年來香港躁動不安，人人意志消沈，我欲以此散文集《抒抑》作為助廣大讀者自我療癒的讀物。

由衷感謝！

薛穎言
二零二一年仲夏

目錄

抒抑

Fluke-Less

抒
抑

《不欲斷魂》

　　當我還正值壯年的時候，有晚夜深當生活中的瑣事完成過後，我和太太如常上床就寢。我見躺在身旁的她睡著了，正欲進睡時異於尋常地我頭部感覺劇烈的痛楚，渾身發熱，四肢不停抽搐，一時之間就連說話的能力也失去了。

　　我趁自己尚是意識清醒之時，刻意用身子壓去太太的背後，及後我隨即不省人事。直至醒過來的一刻，發現自己躺在醫院的病榻上，左邊大小腿連腳部已被醫生截除，全身皮膚從臉部、頸部、胸腹、背部、下體至剩下來唯一

的腿部佈滿黑色斑點。據醫生解說，我左邊腳趾受食肉菌感染，且一直向心臟和腦部蔓延開來，性命一度危在旦夕，截肢是當時唯一保命的治療方案。

從三十歲到六十花甲之年，我一直靠著電動輪椅代步，從事與平常人日出夜入的正常工作對我來說，機會從來渺茫，只因為我行動不便，就連上班下班趕個短短的行程，必須時上個洗手間也會有諸多不便，就算學歷符合職位要求，工作能力如何地勝任，廣大僱主們當考慮到現實情況，對於聘用我這類殘障者自然倍感卻步。

三十年來，我基本上是個休業者，每日過的生活和提前退休養老並無分別，我儘量不為太太加添煩惱，日常自理、煮食和基本家務一一親手做好。

到了去年某日，我得到一位鄰居好友的鼓勵，苦練以拐杖代替用輪椅走路。

我積極參與一個長達半年的物理治療課程，那裡的導師為我度身訂造一對拐杖，又監督我做肩膀和手臂的鍛鍊運動。到了離開治療中心的當天，奇蹟般地我可完全棄用電動輪椅，以中速走路和上落幾級淺階。

自此，我會按照個別情況交替使用拐杖或輪椅代步，

每當我獨自出行，到樓下公園散散步，超市菜市場買下雜貨，我總會將電動輪椅擺在家中，並接上電源充電作備用。

有日黃昏時間，我在家中感覺無所事事，於是便拿起一雙拐杖到附近公園散步。怎料一小時後當我折返住所樓下，看見大廈大門被暫封，一股濃煙從我家的窗戶冒出，明顯可見家裡被火燒了起來。

我心裡一寒，感覺家裡失火該不該是因為我一時粗心大意而導致？

這個住宅單位是我太太多年來努力工作，賺得血汗錢買下來的。經歷過這次火警，雖然房子結構無損，但是裝修翻新、重新添置電器和傢具設備等等，我和太太仔細算過，埋單幾乎要上一百萬元。

我和太太在火警後翌日，暫時搬往岳父岳母家中居住，從長計議，作事後部署。

事未過境未遷，火警過後的一個月未到，我內疚自責的心情重重壓抑，我一向自卑心重，這次我無心無意用大電量為輪椅充電，罔顧後果最終釀成大禍，自感成事不足，敗事有餘。

意料之外地，我太太事後每天仍然精神充沛，若無其事地如常上班，絲毫不因這次意外對我恨責怨懟，每天下班回來，還總會買些我愛吃的燒鵝白切雞、韓國燒酒日本清酒，一同品嘗。

她為我斥資兩萬元購置一部全新電動輪椅，逢週末和我到處找裝修公司洽談裝修家居，看新電器新傢具。她的樂觀持家、堅強硬朗的性格顯露無遺，我這個小男人在她面前當然相形見絀。

我終於忍不住問她：「老婆，我闖了大禍你竟連一句責怪的話也沒有，你對我的寬容反使我覺得難受呢！」

離開地鐵站，在離岳父岳母家不到一百米的小路上，太太一邊推著我前行，一邊對我說：「我們老夫老妻，我覺得自己才是殘軀一副，你卻是我倆婚姻關係中不能斷的魂！」✿

《我家犬兒最無能》

還記得二十年前，我和只拍了兩年拖的女朋友決定結婚，當時我三十二歲，她才只有二十五歲。

她在我工作的機構裡是我的私人秘書，近水樓台，我順水推舟，最終水到渠成，共事不久便雙雙墮入愛河，到現在我們已為一對老夫老妻了。

自拍拖的第一天開始，我們人生經驗尚淺，對異性感覺完全陌生，同時亦不曾有過性經驗。談戀愛一直到結婚生兒育女，整個經歷像是摸著石頭過河。

結婚在年頭，長子在同年年底出生，我們再接再厲，還記得幼女在翌年年底誕生，我們兩夫妻懵懵懂懂地竟三年抱兩。

　　猶記得婚後不久，我和新婚太太相處並不融洽，動輒為著生活中的小事吵個喋喋不休，到了兒女出生之後，我們按著突如其來的轉變重新分配各自的角色和責任。

　　我決定照常上班，太太則辭去受薪工作做個全職家庭主婦。她每日忙著照顧一對兒女，又要為一家人的飲食張羅措設。

　　那些日子，我發覺自己雖為一家之主，家庭收入的主要來源，矛盾地，我在家裡的地位最為卑微，我的需要長期被太太忽略，無論我說什麼做什麼，彷彿就是白說白做，人微言輕，毫不重要。

　　這情況一直接續了二十年，太太將注意力和一切心力從我身上轉移到一對兒女身上。

　　長久地我看著太太管教兒女的方法，心裡著實感覺和而不同，我發覺天下母親教育下一代的心態是婦人之仁，明明處處是為著少不更事的稚兒稚女著想，最後卻

得不到想要的效果，反而她們越是使勁，管教越是嚴格，兩個小孩卻不見得好到哪裡。

母愛這種愛法，和溺縱，和對孩子們過度輔助，意念上與攙扶會行走的兒女走路、捉著他們的手寫作業等等，究竟又有什麼分別？

母親口硬心軟，打罵過後，便是瞧兒女臉上看他們的面色，小孩子稍見叛逆，作為母親的絕招必是抱薪救火，會哭的孩子有糖吃。

天下母親對兒女的教育，背後有一種牢而不破，亦足使兒女一事無成的荒謬信念，母親們深信：「人家子女有本事，我家犬兒皆無能」。

試問世間上有能的兒女何須你花大錢送他們去補習？當氣溫低於二十度，為什麼一眾母親要為他們添上三四層打底內衣？三四歲小孩就連手機遊戲都能打得滿分的，敢問又何須你催促他們做功課，洗手吃飯，甚至要勞煩你為他們加菜添飯，甚至硬張開他們的嘴巴灌湯塞水果片？

孩子考試不及格，難道他們不知自省然後發奮圖強？

他們餓了，豈不會在廚房裡找個即食麵煮熟來吃？

他們連小學都畢業了，堂堂中學學生還需要你去叫他起床梳洗換校服上學？

中學學生尤其是男性，除了死人塌樓之外，該與眼淚絕緣，遇上挫折，該含笑勇於面對，男兒有淚不輕彈，作為慈母的，又豈能眼白白看著十歲以上的兒子動不動淚汪汪起來？

二十年來，我一直只顧努力賺錢，將教育兒女的重任交給勞苦功高的太太。到了今天，夜來我梳洗過後，正準備就寢之時，聽見太太在大廳裡責備留級重讀中六的兒子，他的哭泣聲不絕於耳，一張可憐的臉看在我眼裡是如何地不堪入目，反感反胃！

已滿十八歲的女兒一直反鎖自己在她房間裡，不吃不喝半天，以冷戰的方式對抗她的母親，抗議手機用久了太殘舊，強烈要求母親斥資買個新的。

礙於太太是個小女人，抵不住批評，同是口硬心軟慈母多敗兒的一族，有句說話我多年來忍著不說，到了今晚我再也不忍了，我三更半夜怒喝她們過來我跟前，要她們一個二個聽我訓示：「要教便要嚴，嚴不是一天半天，

對著你們兩個頑劣的哥妹，只要你們一天和爸媽同住，嚴教便必定持續而不會終止。」

「從明天開始，你們兩個每日只有二十元零用錢，媽媽只管買菜，晚餐你們和我輪流做，盤碟你們輪流洗。家居清潔你兩一手包辦。大哥明年考不上大學的話便馬上去找工作，小妹兩年內不得換新電腦手機！」

哥妹問：「那麼媽媽呢？她以後做什麼事？」

我說：「除了買肉買菜買日用品之外，她什麼都不用做，從明天開始，她功成榮休！」

《聲聲慢》

「我承認我從來不愛我的前夫，我跟了他十五年，一心只為逃避我那個困在家中動輒打打鬧鬧的惡父親。」

「若果不是從前我前夫在外面包二奶，也許我沒有決心離開他的勇氣。」

「我這人說到做到，對感情之事從來不會拖泥帶水！對，我一世人除了你以外，究實從未愛過任何男人了。讓我告訴你，我現在正要面對的財務困難，我自會盡一切方法去解決，我和你之間，除了愛情飲水飽之外，從來不涉及任何利益金錢！」

「你沒有資格在我水深火熱之時，煽風點火，落井下石，你也沒有資格向我弟兄姊妹說出一言半句惡言，我一家之眾無論做了什麼錯事壞事，絕不容你這局外人指指點點。這三個月來，你對我的斥責和訓誨，已遠超越我的容忍限度。」

「你英俊又怎樣，讀過書，氣宇不凡又如何？我曾經對你死心塌地，可是我發覺天下間男人如出一轍，可笑地，不是中看不中用，便是倒轉過來中用不中看。」

「如今愛已成過去，如你一樣不解溫柔，有理不饒人的人，正是和從前我千方百計設法要擺脫的惡父一模一樣。要是我們繼續走下去，我單方面要面對的惡果豈非自討苦吃，歷史一幕幕將重演？」

「請你不要問我，從今日開始我們正式結束五年的感情，我將何去何從？我老實告訴你，我今後再不需要什麼男人，我實為受夠了，你們這些男人沒有一個好東西，也許往後我過著單身日子，沒半個男人比起有個像你這樣的男人纏身，逍遙自在上萬倍有多！」

「我們好來好去吧，自此不相往來，互不打擾！再！見！」

她説走就走，我目送她的背影，感覺她此去雖似決絕，就我對她多年來的了解，她只是虎頭蛇尾，鱷魚頭老襯底，心智尚未成熟的簡單中年女人一大個。

我絕對肯定她必回來，現在我要仔細考量的，反而是我和她該不該重修舊好，既往不咎，當什麼事都沒發生過一樣。我這樣想，稱得上是杯弓蛇影，可是就如今天一樣的情景，她對事實的歪曲，橫不講理吵吵嚷嚷，視一段寶貴難得的感情為兒戲，記憶中已不下十數次。

也許我們不該互相折磨下去，亦也許如今天的決裂，反可給彼此一個機會另闢新天！

兩個星期後，她將 WhatsApp 中的封鎖功能解除，發了篇千字文給我，內容言無一物，卻可一言以蔽：她想和我復合。

這十四日的斷聯，我沒有一刻想念過她，更別説感受到什麼失戀之痛。

我沒有回覆她的短訊。

偶爾獨自一人，當看見她用過的牙刷和漱口盅，我的心自然會冷凍起來，不經意地細思深省：算了吧，也許這樣分手，就是天意要還我們各自的自由。

「尋尋覓覓，冷冷清清，淒淒慘慘戚戚。」必然是她當下的寫照。而我呢？我這種哲學家性格實在太過嚴肅拘謹，任何異性因應任何動機打算要和我長處一起的話，起初定會感覺我是個皮薄多汁肉厚的好果，可是當她盡情地大口噬下去時，四顆門牙勢必被我那又大又堅硬無比的果核咬掉兩三顆。💧

《痛遠輕於漠絕，哀莫大於心死》

心血流百度，殄金過千萬，
養兒一百歲，悔辱九十九。

人死如燈滅，油燈以犧牲自身生命去照亮滿室家人，當到了油將盡、燈自枯的一刻，燈芯的殘餘以至一些剩尾的殘渣，將變得礙事，它們最好的去處便是那燈桌旁、被放在地上的無蓋垃圾桶。

年輕一輩見室光變暗，早有替油燈換芯添油的準備，他們沒有刻意等待烏燈黑火的一刻來到，私自在戶裡其他角落闢位置開新燈，因

為看著孤燈熄滅的過程太久，與其浪費時間守候，不如離它遠遠，讓它自生自滅好過。

好些人生兒育女，視看顧兒女為一種資產配置，可是資產是死可任人調撥，而人卻是活的，他們如何對待你，你生他們下來是會享受到五代同堂之溫馨滿滿，還是因他們的惡劣品行，捶胸頓足，自取其辱，主導權掌握在他們手裡而不在為人父母的你。

兒女被生下來，好聽一點是為祖宗傳宗接代，替父母承先啟後，繼後香燈。殘酷無情的現實可能與父母們的一廂情願完全顛倒，只因為繁殖後代的根本意義，是作為新一代換血者同樣發揮出代接代的代謝繼衍作用。

水向低流，百川匯集成河繼而奔流入海，大海獲得陸地上注入的淡水作補充，自然流失了的水分再度保持著飽和狀態，從頭到尾，好比人類生育繁衍，有始有終，過程順理成章，亦屬難違的天意。

反之要後生晚輩逆流倒向，兼老攜幼，一輩子思行合一去孝順並回饋父母，尤其當家中高堂處於年邁體弱、瀕臨死亡之時，後代面對著如此重擔和金錢支出，自會

重新思考資源分配之事，他們內心僅存之孝道，隨著父母的生命如油盡緩慢至燈枯之時，竟演變成儒家五倫正統思想與現實主義之間的較勁拔河。

父母為盡生兒育女的天職，耗費畢生精力和血汗錢供書教學，到老死前必須經歷那無可閃避的短暫雷陣雨，亟需扶攬看顧和問暖之時，兩代人上演了一齣千古以來，罕見亦極具諷刺意味的人間悲劇。

獨居老母家中病危，被鄰居發現並送至公立醫院留醫，老母對主診醫生說：「醫生，請不要告訴我患上什麼絕症，症就是越絕越好，我亦不接受任何救治，只希望你幫我無痛速死！」

老母八十二歲，她的丈夫早於十年前比她先行一步。她兒女眾多，二子三女早已成家立業，孫兒女曾孫兒女合共十五個，可是留醫足有一個整月，她病情日趨嚴重，孤零零地躺在醫院床上，一雙老花眼看著天花板，未見半個兒媳女婿孫孫息息前來看自己一眼。

她死前的一個晚上，屈曲著孱弱的身體，苟延殘喘地坐在床上望空，她的鄰居們忽然帶來香橙、老火湯和碎肉粥前來探視問候，眾婦人當中有個和老母相知相交

多年的老鄰居好奇地問：「老婆婆，你的兒女媳婿孫仔孫女呢？我們都來了那麼久了，為什麼不見人影？」

　　老母咳嗽了一下，以微弱又似被冒犯了一樣的聲音斥責：「你聽過我有什麼兒女嗎？從來你們只見過我那早已離世的丈夫，幾十年來，我哪有告訴過你們我有一個半個兒女的？」

《動物王高峰會》

　　整整一百四十四頭成豬，每頭至少一百公斤，按照位於市區內最具規模的肉類批發商早前下達的訂單數量和標準，準於是日凌晨時分，被趕至養殖場大門前，逐一推上大卡車的尾卡當中，蓄勢運往屠宰場屠宰，並將按計劃分銷至各大超市和菜肉市場。

　　養殖場位處偏僻，大卡車行駛速度緩慢，整個運送過程需時最短也要五個小時左右。

　　大卡車載著過百隻大肥豬，在高速公路上以五十公里的慢速向市集推進，當四十五分鐘路程剛過，卡車途經一個大草原的邊陲。

　　這時氣溫忽然急劇下降，天上烏雲蔽日，密麻麻如乒乓球般大的巨型冰雹突然從天而降，歷時兩小時才告終止。

　　雹暴毫無預兆地發生於野外，那裡人煙罕至，四處無遮無擋，卡車司機除了將車子停靠在一旁，被動地坐在駕駛座上苦等之外，實在無計可施。

　　可是狹小的車卡之中，過百豬隻被周遭低溫空氣冷壞，冰雹擊打卡頂所發出震耳欲聾的響聲，足使一群大肥豬嚇得慌亂莽撞。而當中最大最重、背部長有大塊黑斑的豬王，敵不過被幾頭母豬衝擊，最終竟將卡尾擋板撞毀，重達一百五十公斤的身軀即時墮地，豬王摔倒在車子排廢口旁那冰冷的路肩上。

　　司機粗心大意，沒留意到豬王滾在大路上，見雹暴終於停下了，一心急於追回被雹暴耽擱了的時間，腳踏油門，以更快的車速，希望儘早將豬隻送往屠宰場。

　　豬王翻一翻身子站立起來，無意識地按照大自然的法則，離開了公路，向大草原方向狂奔。牠又冷又餓，遠遠看到一棵大蘋果樹，還有掉落一地、多到數不清的熟透蘋果，便一仆一碌地衝過去狂吃一大頓。

　　樹旁有頭老牛低頭吃著青草，牠是頭休耕好幾年的自由老牛，一直被同類尊稱為牛王。

　　豬王吃光了地上的蘋果，本來吃飽打算睡個午覺，當見到牛王不吃地上蘋果，反而吃滿地淡而無味的腥草，禁不住對著牠哈哈大笑。

　　豬王恥笑牛王，說道：「看你牛王一身肌肉發達，頭腦卻是簡單。蘋果不吃反吃腥草，你除了愚蠢，我實在想不到任何形容詞去形容你了！哈哈！」

　　這時兩公里遠的草原上，忽然沙塵滾滾，有隻母獅在追趕一隻草兔。豬王牛王一見到獅子的出現，還向身處的蘋果樹方向跑過來，雙雙躲避在樹叢裡。

　　草兔比母獅跑得快，成功擺脫獅子的巨噬，消失於叢林之中。獅子功敗垂成，為追趕兔子跑了兩公里路，喘著氣在蘋果樹下歇息。

　　母獅嗅覺聽覺靈敏，知道樹後有豬王牛王躲藏著，便說：「豬王牛王，你們不要躲起來了，我保證不會吃掉你們，趁著大家閒著，不如我們就在這樹下一邊乘涼，一邊談天說地吧。」

豬王膽小，躲在牛王後面，一同緩緩地從樹叢走到蘋果樹下，二話不說跪了下來，覲見萬獸之獅子王。

　　獅子王先對豬王說：「我只吃活物，鮮血的腥味最合我的胃口。我和你豬王的分別，是每當我肚子餓了，還要搏盡老命，追逐活生生的獵物，當抓著了，更要對準牠們的脖子噬下去，有時候手風不順，便三天三夜無肉裏腹。我活著要靠本事、力量、速度和精湛技巧，稱得上是萬獸之王，我實非浪得虛名。」

　　豬王說：「獅子大王，恕我冒昧請問，你好像還沒有說清楚我們之間的分別呢！」

　　獅子王回答：「豬王，你四肢短小，身體肥胖不忍睹，同時又欠缺獰齒利爪，怪不得你別無選擇，飢不擇食，又臭又懶。」

　　豬王受辱，卻敢怒不敢言。

　　牛王虛懷若谷，一向與世無爭，牠感覺獅子王的專橫霸道，替豬王不值，一邊反芻著自胃部倒流出來的草料，一邊站在豬王的立場，替牠說話。

　　牛王説：「豬王當然無法和你獅子大王相提並論了，可是你有沒有發覺豬不幹活，我牛王和你尊貴的獅子大王卻一生勞苦，換來卻是僅足，三餐不繼的日子常常有。」

　　獅子大王想了又想，終於想出個大道理來。牠説：「豬王是個極少見的例子，牛王，你説得對，豬不幹活我們辛勞幹活，牠吃飽就睡，睡醒又吃，可是到了養殖場養肥了牠的時候，便是劫數難逃之日了，呵呵呵！」

　　牛王説：「屠夫殺豬，只需三兩秒，期間所受到的痛苦必微乎其微，那我們呢，風餐露宿，一輩子飽經憂患？我們比豬好到哪裡了？」

　　豬王這時得意洋洋地説：「三兩秒的驚嚇和微痛，輕易換來一輩子白吃白喝，兩位王者，試問做隻又肥又懶的豬划算，還是做萬獸之王，草食耕牛划算些？」

《暴君不納拙言》

秦滅六國之連連勝戰，促成了中國從春秋戰國時代，歷時共 481 年長久分治的局面，而復歸全國統一。

大秦的豐功偉業並不持久，國祚只有十五年之瞬短。

從公元前 236 年攻打趙國開始，一直到公元前 221 年消滅齊國，大秦只需十數年的閃電速度，便能消除一切障礙，建立大秦帝國。

瞬秦的成就史無前例，徹底地推翻了前時天子分封諸侯的封建制度，成立了中國歷史上第一個君主中央集權國家。

秦始皇克毒、剛愎、躁狂殘忍、心靈潔癖、心胸狹窄，卻同是天才橫溢、刻苦耐勞、從來不愛睡覺的超人級政治領袖。他什麼書都讀過，卻不像史學家以他為「尊法廢儒」，被過度簡單理解的泛泛帝王君主。

秦始皇從來沒有真正篤信追隨過任何諸子百家中的任何學說，他起用謀臣李斯為宰相，以嚴刑峻法，似是受法家之影響，其根本的原因是要以立竿見影、效率昭彰的行政手段，有效地鞏固全新帝國的威權，將雷厲風行的政治、經濟、社會制度改革，按著本身的主張毫釐不差地風行全國。

始皇嬴政人如其名，在政治上成功地統一中國，他的天賦大能和超乎常人的智慧，足使中國從亂歸序。

他不將本身的治國方針納入任何一種系統性學說，反而能教他感覺受益的學問，必將其兼收並蓄，然後經過上智大慧內化，創立成一套千古僅他所獨創的尖端統治哲學。

范雎，戰國時期著名的政治家、謀略家，他上承秦孝公、商鞅變法圖強之志，下開秦始皇、宰相李斯統一大業。范雎作為承前啟後的一代名相，到了大秦帝國成

立之時，已屆七十古稀之齡。

秦始皇能目空一切，鮮會對人抱有崇敬之心，當提及前朝秦昭皇時任宰相范雎的時候，嬴政感覺肅然起敬。

有日秦皇趁朝會結束之時，命李斯留下，對他說：「功臣范雎年紀不小了，他現在生活過得怎樣？」

李斯和范雎是深交，知道范雎生活安泰，視力卻嚴重衰退，不復唸書寫字。

李斯對始皇說：「啟稟聖上，范雎生活安好，可能因為年紀老邁，長期足不出戶，多年來在家頤養天年。」

秦始皇說：「朕要見他！李斯，你作個安排。」

李斯當晚坐上馬車，挑著油燈夜訪范雎。

李斯當見范雎便開門見山，然後勸告他切勿覲見秦始皇。

范雎以為李斯的告誡背後，是出於妒忌，出於雀巢鳩佔之慮，便說：「當今聖上開金口要見下臣，下臣豈敢不見？李斯，我想聽聽你有什麼說法？」

李斯四周張望見戶裡無人，便戰戰兢兢告誡范雎：「先生，伴君如伴虎，始皇性格暴戾、疑心又重，他最

不喜歡不善言辭、說話吞吞吐吐的人，你的學問淵博、同是開國元勳，可是說話口齒不清，經常辭不達意，他聽得不耐煩的話，會一劍殺了你。」

范睢痴笑一聲，說：「廢話，明天一早我就要去見秦始皇！」

翌日早朝朝散，范睢在阿房宮朝宮跪見秦始皇嬴政。

秦始皇親手將范睢扶起，並賜上酸枝鳳雕木座。

秦始皇說：「愛卿，大秦經歷昭王、孝皇、莊皇到朕始皇，至今立國才五年時間，國內百廢待舉，朕今天召見你，是想從老元勳口中多聽取一些治國良方。」

范睢年紀雖大，頭腦卻靈活。秦始皇視他為國事顧問一樣，使他滿心歡喜，拙拙劣劣將本身的見解向秦始皇道出。

范睢說話冗長，將許多陳年往事拉雜拼湊，婉婉轉轉，詞不達意，秦始皇聽了幾句便感覺躁煩。

秦始皇對范睢說：「好了，你說了差不多一個時辰了，范睢，朕命你將你要進諫的話用筆墨寫下來，一個月內，提交至宰相李斯，就這樣，你退下吧！」

范雎説：「皇上，容下臣將話説完。在下實在年老，雙眼視力開始模糊，書寫對下臣來説，現已倍感乏力，望皇上聖明！」

　　秦始皇斜視范雎，覺得他忠心耿耿有餘，卻是老氣橫秋，説話枝節冗長，心裡對范雎反感討厭。他後悔召見這個老臣，巴不得馬上逐他出阿房宮。

　　秦始皇説：「范雎，不要説了，朕現在就命你退下，我不欲聽下去了。」

　　范雎心裡恐慌起來，説既不可，將諫言寫下來又有心無力，唯有跪在地上，説：「下臣老大不中用，求皇上息怒！」

　　范雎在朝堂上大哭大鬧，老淚縱橫，秦始皇對他的厭惡達到極點，終於忍無可忍，從掛在牆上的劍鞘拔出利劍來，一劍將范雎刺死堂上。🦉

《俊男定必花心》

　　眉毛眼睫，臉頰嘴唇，女士們每早出門上戰場前，多多少少會為素臉略施脂粉，這種恆常操作和陸軍戰兵征戰前在面上塗上迷彩顏料，其意義本身沒有兩樣。

　　女士在化妝前後，看上去分別的確會大，她們經過一番妝容打扮，本來已相當討好的美貌會進一步提升，看見鏡中的自己當然感覺稱心滿意，直至走在大街上，擠進地鐵車廂中，每當受到旁人欣羨注目，自信心當堂百倍遞增。

化妝品豐儉由人，花費有限，每天用在臉上畫掃塗抹的時間不會太長，女士化個輕妝出門，神奇地從一個不起眼的鄰家女子，搖身一變成為眾所公認的美女。

　　化妝品的效用其實相當奇妙，女士們視之為小額投資，往往卻出乎意料地得益匪淺，必賺厚利的小本經營，敢問誰個女子不樂於為之？

　　男士和化妝品從來扯不上任何關係，放眼全世界，從小到大到老，男士們從來不會在臉上塗抹任何有色顏料。就算有什麼男孩子天生愛美愛打扮，卻只會在髮型、衣裝上花錢花心思。

　　臉部永遠不經修繕，從來只會以真面目示人，男士們英俊與否，在大街上他們以最赤裸、最坦蕩蕩的方式將面貌展示人前，任憑途人胡亂評頭論足，為他們的長相作出定義。

　　女人若美，在任何情境下必然是個絕對優勢，愛美當然是女士們的天性，化個靚妝，以艷壓群芳的姿態在競爭中完勝。一副妝容就如行軍武備，裝備若然齊全，女士在任何比試中脫穎而出的機率自然大大增加。

美貌對女士們來說，是戰場上不費兵卒的獨門武器，化妝潮流日新月異，當中技巧博大精深，對於一眾女士們來說，卻只是雕虫小技，短短十分鐘妝容便可大致完成，雖然過程相當複雜，但是女士們熟能生巧完全不經大腦思考。

男士們帥與不帥，有沒有男人的粗獷味道，當然是個主觀審視，同時亦見仁見智，即使少數被公認為美男子的，他們也從來以真材實料的素顏便服上陣，長久以來將大部分土佬醜男比下去，可是一副帥臉，當被人看在眼裡，最終引申出來的效果非常不確定。男士俊美和女士之美非可相提並論，美女的絕對優勢，不可直接套用在俊男身上。

其實少數稱得上是俊男的人，因自身俊美而得到的好處壞處俱有，難以一言蔽之。

俊男對異性們來說當然討好和吸引，可是這個社會相當現實，大環境中平凡人佔絕大多數。大社會不是個大電視台、大電影圈，男士們鮮以唱歌演戲為職業，他們的英偉外表和工作能力並無直接關係，反而外在的可觀性過高，會被充滿偏見的人們誤以為他們中看不中用。

女士們對俊男總會有種自圓其說、自相矛盾的心態，如電影明星一樣的俊男，自然地受盡女性青睞。可是當女士要將他據為己有，男伴成了私有資產，若是太過俊俏，難免經常招人覬覦，甚至惹人妒忌而無故樹敵。若管不嚴看不緊的話，身邊的俊男豈不是動輒成為野心勃勃的女士們作為借用分享的對象？

　　女士們對美男子多數抱有一種逆邏輯，她們以奇特的思維，推斷出沒有必然性的鋼鐵定律：要是一個男人生得太過英俊，他極有可能是個花心蘿蔔，對愛情必不專一，就算以一紙婚書作為約束，大量傾慕者依然會對他投懷送抱。男人不是金銀珠寶，作為女朋友或是妻子的，就算是如何地擔心著緊，花花世界中怎樣地危機四伏，當然也不能將堂堂一個大男人鎖進夾萬櫃。

　　可是只要美男伴侶踏出家門，離開本身極有限的視野範圍，一個不留神，蜜蜂嬲蜜糖的惡劣情況必定發生，美男不是高僧唐三藏，試問世上哪有貓咪不吃魚的，抵不住誘惑自然到處留情了。

　　「俊男必定花心」流行於女士們世界之中，這鐵律歷經千萬年，以大膽假設、小心求證的真理檢驗態度，

得出來的精準結論被狠狠地刻鑿在鐵板之上。如此永恆真理，歷久不衰，放諸天下皆準。

文華東方酒店十樓有個鮮為人知，只向熟客貴賓出租的派對房間，每逢週日下午二時到六時，這房間長期被十二名已婚名媛包下來，她們年齡介乎三十五到五十歲。

每次聚會的主要話題，除了是兒女學業、股票房產投資之類，當中佔最大篇幅的，必定是丈夫男朋友，或以男性作為唯一研究和討論對象的交流大會。

有個星期日，名媛派對如期進行，當中有個知名度極高的娛樂界名媛常客，罕有地攜同她的堂妹到場。堂妹青春可人，剛剛大學畢業，正打算參選電視台一年一度的選美比賽。

一眾名媛打完麻將，吃過點心，無無聊聊圍坐在圓形大沙發上，一如既往，又談起男人經來。

地產商名媛說：「靚仔無本心，所以我現在的老公，又肥又矮又醜，他這副尊容，世上恐怕只有我才啃得下。管他的，老公賺錢老婆花，天經地義，愛不愛只是其次。」

堂妹不知好歹，堂堂首富新抱在說大道理，竟然當眾插嘴，還膽敢挑戰她「靚仔無本心」這句至理名言。

　　堂妹説：「太太，為什麼你剛才説的，恰巧與事實完全相反？我閱男無數，拍拖經驗豐富，對我來説，相由心生才是真理。俊男反而很專情，世上大多數男人其貌不揚，甚至醜怪，相反地卻真正是用情不專，爛嫖爛滾，饞嘴好色，偷雞摸狗！」

　　在場一眾婦孺，聽了這句突破常規的言論，感覺非常同意，思前想後，頓時恍然大悟。🐾

《見者爵，盲者賊》

　　鄔思道受康熙賞識，被宣入宮作為四皇子胤禛的私人老師和謀士。一直到康熙年邁，一眾皇子為爭奪皇位手足相殘，最終演變成發生在大清帝國宮廷內，一發不可收拾的九王奪的內訌。

　　胤禛得到名師鄔思道的指點和教路，承蒙康熙臨終時的囑詰，在眾皇子中脫穎而出，當康熙駕崩之後，順利繼位為大清入關後第三任皇帝，年號雍正。

　　雍正和鄔思道共患難而不能共富貴，雍正即位不久，疑心重重，對本身的皇權患得患失，

鄔思道深謀遠慮，深知伴君如伴虎，便主動向雍正告老還鄉。

離開紫禁城當日，天下微雨，雍正並沒有親自送別，卻賜上寶馬兩匹、馬車兩輛、隨行婢女侍從各兩名和五百兩官錠作告別禮。

鄔思道自北京城出發向南行，目的地是故鄉浙江紹興，路途遙遠，就算日夜兼程，也至少要大半個月的行車時間。

我和師妹是河南鄭州人，小時候因家貧先後被送往當地一間武館寄養，我們一直是師兄妹的關係，閒時一同跟師傅練功習武，當外面有什麼打雜苦力之類的散工，師傅必會迫令我們二人硬哽那些辛苦艱鉅的粗活。

一天到晚，我倆只能吃一些蘿蔔乾送稀粥水，十幾年來，我和師妹青梅竹馬，在武館的生活一道吃盡苦頭，同笑同哭。到了長大成人，有一晚師妹偷偷對我說：「師兄，我們今晚就離開這裡，師傅這個大王八折磨我們夠了，趁他現在在寢室睡著，我們夾手夾腳殺掉他，將他酸枝櫃裡的銅板和銀錠統統掠奪。」

我們摸黑潛進師傅的寢室，我跑到師傅旁邊，用白布子捂住他的鼻孔，他不繼掙扎，我便用盡全身的力氣，用膝蓋壓著他的身體，直到他斷氣身亡為止。

我和師妹見師傅當場喪命，便點起油燈，在房間裡徹底搜掠。

一個星期後，我們在離開鄭州一百公里外的客棧投宿，我見師妹坐在床邊，將布囊裡的銅板和碎銀清點一遍，師妹說：「哥，我們身上的錢只足夠我們一個星期的用度，與其坐食山崩，不如想想辦法掙多少錢回來幫補生計。」

我們離開客房，到附近大排檔點了兩碗骨湯陽春麵，忽然看見兩輛宮廷馬車從大路上趕過來，車子在我們所住的客棧下榻，有兩個婢女攙扶著一個不良於行的鄔思道下車。

師妹偷偷地在我耳邊輕聲說：「哥，這老頭派頭十足，非富則貴。你看！跟在馬車後面的小車，布蓬裡頭藏著個大木箱，老頭的兩個隨從，合力將它搬到客棧裡去的時候，看起來非常吃力，我敢肯定箱子裡放的全是官銀。」

我和師妹無聲勝有聲，牽著手離開大排檔，緩緩地向客棧走過去。我們暗中跟蹤著他們，並鎖定那老頭和兩名婢女所住的大套房，和兩名侍從身處的位置。

　　當晚夜深人靜，我和師妹在房間裡密謀向郞思道偷襲，目的是要將木箱裡的財物全數掠奪。

　　凌晨子時一過，我和師妹換上全身黑衣，戴上布頭套，自房間步出，悄悄地摸至郞思道身處的樓層，只見他的兩個隨從沒有回到房間休息，守在郞先生房門前。

　　我和師妹互換眼色，箭步衝上前去，輕易地將兩名隨從制服，郞思道似乎被我們的打鬥聲驚醒，這時他打開門來，和我倆打個照面。

　　郞思道說：「我這裡錢有命也有，要錢要命悉隨尊便！」

　　師妹說：「老頭，我們是不會殺你的，錢放在哪裡？你那個大木箱呢，又放在哪裡了？」

　　郞思道說：「箱子裡沒錢，裡面的東西你要來無用。」

　　我聽見便感憤怒，一巴掌將郞老頭摑跌至地上。

　　師妹說：「哥，不用理他，我們進去搜！」

　　木箱子被茶几遮擋著，我們將箱蓋掀起來，裡面裝滿了上千本金黃色的書卷，我隨意將其中一本打開，上面寫滿了非常漂亮和整潔的書法。」

　　鄔思道向著我們大喝：「這些統統是當今聖上的奏折和文獻，你們不想死的話，現在就給我滾！」

　　鄔先生將身上大疊銀票扔在地上，示意要我們收下。

　　就在這時，窗外火光熊熊，幾十名朝廷捕快，將客棧重重圍起。

　　師妹問：「哥，外面發生什麼事啊？」

　　她話未說完，衙督和兩名捕快已趕至，並將鄔思道扶起。

　　衙督對我們說：「你們真大膽！竟敢打當今聖上的老師鄔思道先生的主意？」

　　當知道闖了彌天大禍，我倆只有跪了下來，懇求鄔思道網開一面。

　　鄔思道說：「你們兩讀過書沒有？」

　　我說：「鄔老師，我們就連親生父母是誰都不清楚，試問哪裡有機會讀書呢！」

鄔思道說：「沒有讀過書，便等於沒事好做，唯有靠搶劫殺人維生了嗎？」

　　我們不敢回答。

　　這時鄔思道垂下頭來，雙眼通紅，他想：「飽讀詩書的，我一輩子見多了，他們比起搶劫殺人的文盲，恐怕要敗壞上萬倍呢！」🐾

《無報不為恩》

得人恩惠千年記，十五年前，我和老婆初到貴境，足有半年時間找不到生計，當我萬念俱灰之時，幸得你仗義照顧，給我一家人暫住的居所，不然除了露宿街頭之外，我實在想不出任何方法可渡過難關。

這十多年來，憑著我勤儉持家的性格和擅長生財之道，到現在我尚處中壯之齡，我事業算是相當有成，稱得上是個中等富豪。

人生難奢望可有十全十美，我和老婆只能共患難而不可共富貴，她一直輔助我的事業，

卻因為一些投資決定，和紅利分配上的歧見，她幾年前提出要將我一手打回來的江山分半。一直到分家的手續辦清，她忽然失蹤了一段日子，再見面的時候，我們在律師事務所正式辦理離婚手續。

去年我娶了我的私人秘書為妻，我們同一生肖，她比我年輕十二年有多。

有日我下班回家的時候，在鬧市街頭的燈柱上，空置店鋪的牆壁上，看見幾十張用複印機印製出來的追債告示，這告示圖文並茂，債仔的頭像照片在告示上清晰可見，還有他的手機號碼和一些債務追討的簡略陳述。我站在燈柱旁邊一邊抽煙一邊仔細端詳，發現債仔竟然是我失聯了十五年的救命恩人。

我回家叫老婆嘗試運用她不知道從哪裡學來的人肉搜索秘技，將這失散多年的恩人找出來。老婆花了三十分鐘的時間，在電腦的不同介面搜尋，當我離開她身旁，到廚房去為她倒杯熱茶的時候，她從打印機上拿來一份簡歷並遞了給我，上面詳細列出恩人的住址和聯繫資料，他曾擔任過董事的公司資料，甚至最近一星期曾到訪過的地點摘要。

於是，我立刻換好衣服，到停車場取車，在沒有事先張揚的情況下，開車到恩人的住址來個突擊造訪。我大力敲門，卻沒人應答，他的鄰居見我不是壞人，便告訴我他們一家為了避債，偷偷地搬往一間名不見經傳的鄉郊旅館暫住。

於是我回家稍事休息，翌日清晨，我連工作上的事情都不顧，從家裡直接開車往旅館查看。正值一月嚴冬，當天早上非常寒冷，我一直駕駛，看到四周光線暗黑，黎明尚未降臨。

一路上我在想：「當日若非恩人的仗義幫忙，恐怕我難有今天的好日子過。債務無非是錢一個字，我今趟連支票本都帶上了，打算無償饋贈恩人五十萬元周轉周轉，算是聊表謝意，亦代表我內心的一種無言感激。」

前面就是那個小旅館了，這時天已開，我遠遠看見恩人就在旅館前的空地來回緩步晨跑。

我將車子停下來，帶上原子筆和支票本，一邊叫著恩人的名字，一邊急步向前走去。

恩人看見我，表現相當害怕，他立刻跑進旅館。我在被鎖上的旅館大門前大喊：「恩人，當日若得不到你的

周濟，我定難有今日，我知你有財務困難，特意來看你，看看有什麼可幫上的，你下來見一見我好嗎？錢不是個問題啊！」

恩人大概住在三樓的一個房間，他說：「你回去吧，我的事情我自會擔當，你別費心神好了。」

我覺得恩人刻意避開我，只是為了保住面子，若我堅持留下來，他定會下樓來見我。我死纏爛打，擾嚷了差不多一個小時，他仍然不願意下來，於是我回到車子上一邊呷淡樽裝咖啡，抽支香煙，一邊向旅館的方向監視著。

今天我比平常早起，等了半小時，難耐睏倦不知不覺便睡著了。

我被老婆打來的電話吵醒，便胡亂應答幾句，遠遠看見旅館的大門打開了，為免被人發現，我馬上曲著身子。當我探頭再看清楚時，眼見恩人一手拖著我的前妻，一手拖著一個五六歲的小男孩往旅館另一邊的咖啡室走去。

我心想：「原來如此！你我從此沒拖沒欠。今天我來這裡一心想還你的，原來這想法是何等的天真和荒謬。」

《愛是最大的需要》

年輕時，我曾任職過極少人涉獵的高危工作，當時我的同事來自世界各地，長達十五年不足為外人道又極為神秘的職業生涯之後，當我重歸故里，感覺和身邊的鄉親故友格格不入，亦似無人可語。

我經歷過的風險和歷練，接受過的高等教育和嚴格訓練，幾曾與不同國家民族的人共事時所受到的啟蒙和影響，這一切足以徹底顛覆了我的人格，當我現在回到最熟悉的出生地，看到本地人狹隘的眼界和膚淺的見地，不知不覺間變得曲高和寡，孤芳自賞。

一直到了五十之齡，當我爸爸因急性中風突然辭世，他留給我的豐厚遺產，確實免除了我重新適應新生活，與人共事時經常有的齟齬和頻繁轉換工作之痛苦。

曾有一個學問淵博的人對我說，我有一種非生理性的人格障礙，他直指我是個孤獨癖，這怪癖就像自閉症一樣，缺乏與人有效溝通的能力。

事實上，我早於二十五歲便結婚生子，婚姻不過五年，前妻忍受不住我的怪脾氣，便帶著兒子，在沒有事先告知的情況下離開了我。

沒有一個親戚喜歡我，我亦從來沒有朋友，我坐擁千萬家財，獨自過著孤獨的生活。我索性提早退休，白天看電視看書，晚上威士忌一杯接一杯，睡覺從來不是躺在床上睡，而是昏睡在喝酒的飯桌上，一直到翌日下午。

可能是過度喝酒的關係，我胃口一向不好，一直吃得很少。我日常花費並不多，三分之二的錢是花在買酒喝之上。

這樣獨居喝酒度日的生活，不知不覺二十年有多，我從以前只會晚上喝酒，到了我七十五歲之時，變成二十四

小時無間斷地喝。我沒有固定睡眠時間，喝到昏昏沈沈，便趴在桌上小睡一下，睡醒之後又繼續喝。

我認為人生最重要的兩樣東西，一是錢，二是酒，而我兩樣俱有。在樓下保安室工作的保安員，年屆退休之齡，他見我每天買酒喝，又經常滿身酒氣，有日忍不住對我說：「酒是穿腸之物，先生你喝得太多了吧。」

我對他說：「你真無見識，酒是開心藥，喝酒能解千愁，我喝了幾十年酒，經驗告訴我酒能使人長壽。」

有日凌晨時分，我酒醒過來，感覺氣溫驟降，一雙赤腳貼在冰冷的地磚上甚感難受，於是我拿了雙拖鞋，怎知雙腳腫脹得無法穿上。

我心知不妙，卻諱疾忌醫，再過半年，腫脹的情況蔓延到我的下肢。我更看到眼白泛黃，下腹積水，經常感覺疲倦不堪。

我忽然覺得異常孤獨，渴望有人陪伴，從前我誇口自己可活過百歲，如今就連能不能活到明年也是個未知之數。

有日我又買酒回來，保安員說：「先生，你下肢浮腫，臉色泛黃，快叫你的親人陪你看看醫生吧！」

我聽了保安員的話，在升降機門前低著頭，凝視著地板，我說：「你說親人嗎？我連一個都沒有。」

保安員說：「你有錢，你也許還需要酒，但我覺得你最需要的是個愛你和關心你的人。」🖤

《
一
輩
子
也
花
不
完
的
鈔
票
！
》

數不盡的失敗與挫折，自出娘胎以來，半刻予我不離不棄。

貧窮，學業中斷，事業不彰，婚姻破裂，從少年時代到已屆中年，足足幾十年，一切不順遂，事與願違之事，一直累積積壓，一事無成百事俱毀，從個別事件遂變成環環相扣，我的挫敗並非個別，無可否認屬結構性的問題。自小基礎打不穩固，現在的我自然搖搖如懸旌，人浮於事，我自覺卑微而缺乏自信。

偶爾出席那些無可避免的親戚朋友聚會，見到他們個個意氣風發，食住穿戴無一不講究

高尚，反觀我一身寒酸，一堂歡聚在我心裡，諷刺的是榮辱互見之羞恥。

人無財無家庭溫暖，人生一半似已白過。

到了四十中歲之時，還是吊兒郎當，這些不至於取我狗命。只會循環往復的逆境和不幸曠日持久，老實説，我漸已感覺麻木。

風浪遇上太多，我爛命一條，能頂便頂，見招拆招。偶爾遙望將來，我對自身命運的洞悉，比玄學大師更為精準，挫折在我的餘生中，定是沒完沒了，至死方休。

原來事實並非如此，人到昏黃之齡，發生在自身的一切事情，在意想不到的情況下，開始出現緩慢卻微妙的變化。

稱得上是人生，它當然是深不可測，變幻無常，有時候往往我認為是必然的，慣性地將自身運命看死，殊不知上天有化腐朽為神奇之大能。人從來沒有半點左右命運的能耐，我接下來的人生竟然是前半生的反相。

自四十六歲以來，一直到現在五十五歲，這十年時間的所經所歷，將半生之頹廢徹底扭轉過來，我如獲天

賜新生，每天的生活過得充實，長久以來被內化壓抑的寶貴價值，至今才被無遺地實現於人前。

原來人只要一日活著，誠心誠意低下頭來默默耕耘，心胸開闊，長久地保持虛懷若谷，摒棄不實妄想和虛榮，無論好醜，卻能有始有終，敢於面對現實和命運之無常莫測，時刻準備好與逆難危厄作戰⋯⋯

一切禍福相倚和事與願違，就像平地上偶有出現的坑坎，這些人生路上必然遇上的不順遂，從來只為短暫過渡。就算逆境真可折磨人的心志，人出於無心之失而踏坎摔倒，爬起身來，故我依然地昂首闊步，小小挫折又何苦成了自我懷疑，頑固地將一時苦難無限演繹？

簡單一厥「自知之明」勝過詩經楚辭，高深科學。自知之高明凌駕於一切學問，人通過自知而有效地實現自己，自知當延伸至他知，就算是最隱秘，是非顛倒難辨之事，人智自會突然趨升，從前人本來局限於自知，至此終可達至無所不知的境界。

當自知致他知，隱惡得以連根拔起，命運中福禍的封閉循環被自知的穿透力戳破，人生中惡運連連變成可免則免，故態復辟的可能性將會是微乎其微。

　　自知而後籌謀，謀而後動。人的每個思行遂必符合實際，從前就未來的妄想和幻覺，刻意勉強自己去成就那些不切實際的奢望和虛榮，如今因著內心那份自知之明燈，可照遍一切虛空。

　　我到了四五十歲，感覺就是從一個天生的瞎子，忽然看見從來模糊不清的遠景。

　　挫折和貧困從此離我遠矣，雖然我貧窮依舊，每天生活飽足，從來不為生活奔波愁煩。金錢對我來說，毋庸刻意囤積，或者憂慮愁煩，這十年來，我的事業依舊平平淡淡，多年來卻可衣食豐足，從來不至缺乏。

　　超級富豪萬貫家財，就算他們擁有的是如何之多，卻總可被一一統計數算，反觀若我將所有積蓄鈔票攤在桌上，風一吹來，可不見一大半。

　　我每天出門時，錢包裡永遠不會超過五百元，回家的時候，現鈔總還剩一大半。這十年以來，錢包不足五百的話，我必定添夠五百。除了非常例外的情況，五百元作為一天的花費的上限，實是綽綽有餘。

　　我的錢包就像以精鋼鑄造，五百元的恆常備用金是永遠用不完的鈔票。

我不知道怎樣才叫做富有，我只知道我擁有的金錢雖少，卻永遠有餘有剩，所以我以絕對的口吻對熟識我的人說：「我擁有一輩子也花不完的鈔票！」

　　他們聽了，臉上流露著明顯的存疑，想法亦大有可能地充滿著誤解。可是我所宣稱的：「我擁有一輩子也花不完的鈔票！」卻是言之鑿鑿，完全將這十年來的事實確切地向人道出。🐾

《嗇慾》

　　無論這叫做信念也好，人生觀也好，我無預知未來的能力，所以當我無法看清楚遠景之時，自然地將具引導性的信念作為思考判斷和行為方式的根據。

　　信念於我，自然地呈現我心，我亦對之深信不疑。面對著未來的深不可測，唯有靠著它，內心始得長久的平靜，總不至於慌亂度日，因長期缺乏安全感而變成驚弓之鳥。

　　但是，即使我有極強的個人信念，我的生活方式備受許多認識我的人的評論和異議。我和別人的分別，在於我從來沒有儲蓄習慣。

我見錢使錢，愛吃便吃，要買什麼便買什麼。我這種做人態度，使我必須不停地工作，因為持續的消費令我手停口停。想作個短暫休息，停一下工作，對於從來沒有積蓄的我來說這便成了一種奢求。這恐怕是不顧一切，只懂得及時行樂的做人態度所必要付出的代價。

　　可能我有種末日心態，我認為錢留來不用，雖說可積穀防饑，但放眼到處天災人禍，政治環境陰晴不定，我這代人尚能持形保態，作息如常，恐怕已是一種僥倖。

　　其實人即使如何富有，當性命危在旦夕，到時候錢被扣在銀行，購置的房產被丟空，股票債券形同廢紙，財富所能代表著的，到頭來可能只會是一堆永遠無法兌現的所謂金錢價值。

　　我所認識的人，大部分比起我來說，論學歷論收入，都在我之上，但他們和我做人的信念以至人生觀完全是南轅北轍。他們生活節儉至吝嗇的程度，平日花費比收入微薄的我，還諷刺地少很多。他們善於計算，事事精打細算，儲蓄能力強。

　　據我所知，他們有個共通點，是精通於投資增值。

增值增值再增值，憑藉的是小學生程度的理論。無論是樓宇買賣、股份票據、黃金期貨，全憑直覺，靠趁低吸納，高價放售食差價圖利。

從事這些投機活動，他們動用的賭本相當大，若運氣好，贏點錢便唱通街，輸了便收收埋埋，三緘其口。其實他們究竟是賺是蝕，永遠是個謎，只因贏輸對他們來說，結合了眼光、知識和運氣，往往面子攸關，他們從不願透露，我亦不欲追問。

我不嗇錢，亦不諳投資，住屋環境不好我不在乎，可是一輩子，無論是吃喝的，還是日常穿戴的，我要求甚高，享受得到的，甚至遠超收入比我高的朋友。

到了這個年頭，畢竟臨界六十，才發覺原來男人一生，工作只會越做越霉，好的工作從來輪不到我這種上了年紀的人來做，我唯有找了份大廈保安員去做，心想做到六十五歲退休，可向政府領些福利金，加上一直積存起來的幾十萬強制性公積金，每月應有五千元養老費。

我趁著還有五年的工作時間，望能多存點錢防身。因為我並無任何積蓄，從前的想法是即使錢花了，賺回來

的機會多的是。但到了現在，當我想深一層，這樣的信念若實行起來，假如我百歲不死，吃喝拉撒，無錢不行，後果反而不堪設想。

有一天，我如常於早上五時起床準備上班，工作地點其實離我家不遠，出門前我通常會從冰箱裡取出一些冷藏叉燒包、蓮蓉包之類，隔水翻熱，再沖一杯滾燙的普洱茶作早餐。

我坐在飯桌，邊吃邊喝，忽然胸口如被大石壓住，雙手感輕微麻痺。我知道大事不妙，馬上隔著鐵閘對著鄰居家大叫救命求援。

救護人員不消十五分鐘便到達，我被抬上擔架，送上救護車。在車上其中一個救護員給我一片藥丸，叫我含在舌頭底部，同時又將氧氣罩套在我的頭上為我供氧。

我瞬間被送到急症室，躺在臨時的病床上未幾，醫生和一個護士便走了過來。

醫生為我做了許多檢查，又注射螢光劑判斷我的心臟血管情況。他對我說：「你的心臟血管有七成堵塞，我們會為你預約排期做手術，但因為通心血管的病人太多，就你現在的情況來說，一般輪候時間大約兩年。」

我對醫生說：「醫生，兩年不短，恐怕我未等到動手術之時，已血管全塞死亡了！」

醫生說：「像你這樣的情況相當普遍，在這等候期間，我會開薄血丸給你服用，以減慢心血管堵塞的情況，你放心，只要你定期覆診，我們會密切監察你的情況。」

我問：「能不能現在就為我動手術，好讓我多活幾年？」

醫生說：「這裡是公營醫院，病人的醫療費用幾乎全由政府補貼，需求自然大。先生，你有沒有投保醫療保險？或者你可以現金支付手術費用。正常來說，私家醫院通心血管的費用大概十五萬元。你能負擔這個開支，我可馬上寫轉介信給你，亦可安排救護車送你到你選擇的私家醫院。」

我心想，「屋漏偏逢連夜雨」，現在我能不能上班也是未知之數，同時我身無分文，唯一能做的，是排期做手術，兩年內是生是死，只能聽天由命。❦

《日蝕》

我們的感情發展至今，經歷了不長不短的時間。這段關係給我的感覺，就像我倆走進一個大公園，在那裡，我們連一個熟悉的人亦未曾遇上，只見有個幽靜之處，樹蔭下有個雙人座，我們一人一邊坐了下來，雙人座的周邊領域，一草一木，繁花鳥蝶，天色晴暗風雨，一切一切足以構成了只屬於我們的小天地。

我們一向形影不離，身邊的朋友看見我們，從來只會感覺羨慕，實在未有聽過什麼人對我們的好有過任何質疑。

　　但有日你問我：「我們這段關係，曾有過甜蜜幸福的時光，亦曾因意見不合，導致分歧齟齬，到了現在，我們都成長了，對對方的了解亦深了，當一切復歸平淡，我反而感到原來的那份愛，從難能可貴，變成唾手可得，太過輕易。我擔心這樣下去，到了一個時候，愛會從這段關係中慢慢消失掉。」

　　我並沒有回答她的詢問，我聽過有對老夫老妻說過：「愛如酒釀，酒在窖裡時間越久，反能嘗得郁馥和清醇。」

　　可能我真的忽略了她的疑慮，我發覺我對平淡而穩定的感情關係越是習以為常，並樂在其中之時，她那份單憑外表和神情亦判斷得出的忐忑不安，便越是明顯。

　　本來我打算戒懶，為了打破這段關係從不曾有過的厭膩和膠著，嘗試盡力去增進我們彼此的感情，我一直在留意外地短期旅遊的資訊，怎知突如其來的公差，我不得不離開她一個月的時間，到外地去工作。

　　她知道男人要以事業為重，但因著這短暫分離所生的依依不捨之情，卻無可避免。離開之前，我答應她每晚工作過後，回到酒店，便第一時間以視像電話和她聯繫。

我甫到達異地，稍作休息後，便開始每日繁忙的工作，我早上到工廠開會和視察，晚上要寫工作報告以電郵傳送給我的同事，中間有一個小時的晚飯時間，我必定在酒店房間和她視像通話。

　　因為時差關係，每晚我致電她，已是她該上床睡覺的時候。她總穿上睡衣，坐在床上和我聊天，我留意到她總愛緊抱著我送給她的公仔攬枕。我們傾談的話題總是對方一天工作過後的小結，和她對我在外地生活和飲食上的一些提點。

　　我們恆常地視像通話，當維持到第十五日，正是我在外工作的一半時間，那晚，她對著手機鏡頭，忽然寡言少語，我恍惚感到她抑鬱的心情。

　　我問她：「你怎麼了？」

　　她說：「從前我們幾乎沒有一天不見面，我覺得這份愛情是奉旨而得，我們天天出雙入對，總以為是件理所當然的事情。但自從你到外地出差，至今只有兩個星期的時間，我發覺我是如何地想念你，愛你。我對你那種愛的感覺，是如此確切，亦是前所未有。現在只我一個人在這裡過，覺得很痛苦，你能早一點回來嗎？」

我說：「按計劃，離我回家的日子尚有兩個星期，你忍耐一下，好嗎？」

她說：「這個我當然明白了，我只是說說罷了。我發覺如果我們兩顆心完全重疊起來，我們是不能清楚地看到對方的，對對方有多需要，亦感模糊，就像日蝕一樣，當月亮完全將太陽遮蔽，地上的人在一片漆黑之中，實在什麼都看不見。現在我們分隔兩地，你離我遠了，原來結合在一起的兩顆心，當分開得太突然，這情景反而使我清楚明白，我是多麼地愛你想你。」

《哀莫大於心死》

　　我坐在沙發上看電視劇，劇情相當緊湊，我全情投入地觀賞，連尿急了也強忍著。

　　當劇播至中段峰迴路轉之時，我自發地伸手從茶几上取了根香煙和打火機準備點起來抽，一直被我壓在腰間的小咕咂，被我無意用手肘碰至掉落地上。

　　我沒理會掉在地上的咕咂，繼續一邊抽煙，一邊追看電視劇。一個小時的電視劇終於播完，我擠熄了手中的香煙，然後直衝去洗手間小便，我想反正時候不早了，不如順便在洗手間抹臉刷牙，再洗個澡，然後上床睡覺。

　　洗澡過後，我清理一下浴盤，穿上睡衣，將電視機關掉，再熄了廳燈。我不忘為手機充電，當所有功夫做妥了，我便上了床，掀被入眠。

　　剛才看電視的時候被我一肘推跌在地上的咕呫並沒有被我拾起放回沙發上。它通宵躺在冰冷的地板上。

　　翌日我遲了起床，急急洗臉刷牙，換了上班服，又拿了雙皮鞋，坐在沙發上準備穿上的時候，那躺在地上的咕呫剛好佔著我換鞋的位置，當時時間已相當緊迫，我連拾起它的功夫亦省了。於是我一腳將咕呫踢到牆角，換上鞋子，便衝出大門。

　　於是咕呫經歷了一整晚躺在地板上的冷待，於翌日早上我尚未及將它拾起並放回原位，接下來一直等到晚上我回家的時候，它依舊孤伶伶地躺在牆角地上。

　　今天我工作忙，晚了回家，那齣電視劇我只能看下半小時，和昨晚一樣，我什麼家務也不做，梳洗過後，又到上床睡覺的時間了。

　　臨睡前，媽媽打電話給我，說明天下午會到我家打掃一下，她有我家的鑰匙，知道我是個獨居男人，工作

又忙，每星期總會到我家一趟，送壺熱湯過來，順便幫我打掃地方。

媽媽到我家來的時候，我正在上班中，她放下湯壺和手袋，便到廚房拿了掃把地拖，準備清潔一下地板。她看到躺在牆角的咕咂，便將它放回沙發上。

我家面積不大，媽媽又刷又洗，她手腳快，不消一個小時把斗室打掃得煥然一新。

她倒了杯清水，開著了電視機，當時電視重播著一齣十多年前拍的電視劇，媽媽隨手將一直掉在地板上的咕咂攬在胸前，看電視看得入神。

媽媽一直看到黃昏時分，準備動身離開的時候，發覺咕咂又黑又髒，她仔細檢查手上的咕咂，發覺咕咂套的四邊被雙行綿線封死，不能拆下清洗。

媽媽想，這沒辦法，只有整個咕咂套連綿褥一起泡洗。然後在窗外晾曬起碼三五天才能乾透。

於是媽媽拿了一個大盆，用大量清水稀釋洗衣液，再將咕咂泡洗。她經過幾重清水洗滌，便用力以雙手將吸進綿褥的水分壓走，最後用了兩個夾子將咕咂夾在窗外晾衫架的尼龍繩上。

　　三個星期過去，媽媽已忘記了將咕咂晾在窗外一事，事前亦沒有告訴過我。

　　我最近工作透支了，便請了兩天假在家休息。我叫了女朋友到我家一起看線上電影，女朋友坐在我身旁，忽然問我：「一直放在沙發上的咕咂呢？怎麼不見了？我想抱著看電影。」

　　假如女朋友沒有提起，我真的沒有發覺那咕咂不見了，於是我打電話給媽媽：「媽媽，我放在沙發上的咕咂呢？你放哪裡了？」

　　媽媽說：「對，是我忘記了告訴你，我見它又黑又髒，前陣子便將它洗乾淨，然後晾到窗外的晾衫架上，你去看有沒有？」

　　我對媽媽說知道了，隨即掛斷電話，走到窗前，只看到兩個夾子夾在尼龍繩上，咕咂卻不知去向了。◐

《生路》

　　無數事業成功的人，若排除了他們個別的天資品質和環境因素，能促成他們成就的因素，永遠只有兩個：一是勤，二是儉。

　　人若勤於工作，必不存在得不到任何收獲的道理，關鍵只在於獲得的是多或是少。

　　而儉將收獲兼收並蓄，儘量減低消耗和支出，並持之以恆，累積資源和實力，為事業更上層樓打下堅實的基礎。

　　這世上沒有不勤不儉而可僥倖地達至成功的人。

假若你只勤不儉，你辛苦得來的成果定會不知不覺間被消耗掉，勤力而不懂得積累有餘，成就自會因資源匱乏，發展受阻，而變得相當有限。

如你並不勤力，卻吝嗇節儉，你的成就便如死守著一潭死水，你的能力只可達於減慢你僅有的成就，其無可避免因循著如水早晚被日照蒸發掉的常規，逐漸被時間徹底消弭。

於是，勤即為生產力，而儉是一種積存的努力，當這兩種美德加起來，會構成一股強大而無敵的力量，使成就不斷擴大擴展，再艱難的逆境亦難以將這成就撼動折損。

勤就像人減肥一樣，從肥變瘦，人先要擺脫內心與生俱來的惰性，決心過著長時間操練的刻苦生活。

而儉是一種自律自制的能耐，節儉和善於儲蓄的人，可不受物欲的引誘，他們消費相當謹慎，從來不會從事高風險的投機活動。

在這個大家庭裡，父母和一眾兄弟姊妹憑著勤儉的鐵律嚴規，個個事業有成，財富豐厚，經過幾十年的努力，成為城中的名門望族。他們開展的企業，規模龐大並涉足各行各業，僱員加起來超過一萬人。

偏偏兄弟姊妹中年紀最輕的一個，他在父母的大企業裡，打了十五年工，到了他四十多歲時，便向爸爸辭掉了所有職務，從此什麼正職都不做。

　　這個蠱仔每天睡至日上三竿，下午到處閒逛，在外面吃過晚飯，便回到一個租回來的細小舊區單位，洗過澡，喝杯淡咖啡，看下電視新聞，畫下畫，寫下大字，彈下鋼琴，直至深夜累了才施施然去睡。

　　這大家庭有個十年如一日的規矩，是每隔兩個星期，所有家庭成員必須到父母在深水灣的大宅中聚在一起吃個晚飯。因事忙或外遊而不能參與聚會的，必須先向媽媽說明，否則當爸爸見有人缺席飯聚，會非常生氣，多加追問。

　　這個蠱仔雖然已離開了家族企業一段日子，但每月兩次飯聚，他務必準時出席。

　　每次飯聚，所有家庭成員除了閒話家常，討論一下政經大事之外，例必談一下公事。由於他們的生意做得大，遇上經營上的問題自然多，他們你一句我一句，無論結論如何，總要老父一錘定音，作出最終決定。

多年來，在無數的家庭聚會中，各成員所討論有關公司業務上的大小事，蘊仔總沈默不語，只聽不說。

在他心裡，老父和一眾兄弟姊妹，誰是人才，誰屬平庸，他心裡有數。他對於老父的看法，是別樹一幟的，他覺得老父雖然經驗老到，但背後仗著的經營哲學，永離不開勤和儉二字。對於老父解決問題的想法和決定，他覺得自己有比他更好更高明的處理手段。

香港自去年起經歷了開埠以來經濟上的最大考驗。街頭示威和警民衝突，歷時七八個月，當局勢稍稍緩和，新冠肺炎肆虐，市面一片蕭條。

家族企業擁有分佈全香港的十幾個商場，還有許多購物區的零售店舖出租，每月租金收入，以億元計。

在這風雨飄搖的日子裡，老父一反常規，要求他們每個週末必須到他大宅飯聚，他想藉著一家人吃飯的機會，討論一下公司在逆境中如何重新釐定經營策略。

這晚他們各兄弟姊妹帶著口罩，開車往老父的大宅開會。

兄長遲了半個小時到來，老父便瞄了他一眼。他脫下鞋子，洗過手，除下口罩，跑到老父右邊的座位坐了下來。

　　兄長說：「不好意思，剛才和商會主席談了足足一個小時電話，他代表五百個中小型商戶，向我表達現在的經營環境困難，要求我們所有商場鋪位，一律減租五成，為期六個月，以減輕他們的負擔，說是共渡時難。」

　　兄長的話一出，眾兄弟姊妹均議論紛紛，總括他們的意見，大致上是什麼合約精神，簽了租約，租金便不可貿然調整之類。有部分意見是租金只能調低兩成，再多的話會影響公司收入，導致股價下跌。

　　老父說：「部分小本經營的店鋪，可能因資金不足，生意額銳減之下，無法經營下去，若我們不減他們的租金，不消多久許多小店便捱不下去，以清盤結業收場。」

　　蘊仔一直在聽他們的分析，感覺他們無法在討論中得到什麼結論。他以後輩的身份，保持了十多年來的沈默，在是次飯聚中終於打破沈默，對著老父母和一眾兄長和姐姐，鼓起勇氣發言：

　　「爸爸，我們必須要給這些中小企業一條生路。免他們的租金當然是不可能了，要減租，便要大幅度下調，我覺得減他們五成租金亦無妨，為期三個月，三個月過了，我們和他們再談。」

　　兄長說：「減五成的話，便等同於我們今年的盈利將收縮一半。正在向銀行融資興建新商場的項目，本金和利息加起來，公司每月還款五千萬以上。這樣的減幅，等同於投井救人，人未必救得到，我們卻必定遭殃。」

　　他說：「我們企硬，一分不減的話，再過一兩個星期，我們一半的商舖將會結業，到時我們不僅一分一毫都收不到，大量空置的商舖在這慘淡的環境中，將無人問津，到時候我們才損失慘重。」

　　老父在思考他所說的。

　　他續說：「爸爸，自從我辭掉了工作，租住舊區的小單位過著獨居的生活，我的積蓄已花得七七八八了。昨天我和房東商量續租的事宜，我要求他減租五成，為期半年，你知道房東怎樣說嗎？」

　　他們看著他，似乎想聽他說下去。

他說：「房東說半年內減五成不是問題，但他的條件是我簽的新租約，在半年減租期過後，必須加簽十八個月的新約，新約的租金按正常金額再加兩成。兩年後，房東因減掉租金的損失，將會在期後長達十八個月的新租金中不僅完全抵消，到了新租約期滿，加起來的租金收入還使他多賺了。」

老父聽了，便給他們一個全新指示，他說：「按照蘊仔的意思，我們所有鋪位從明天起一律減租五成，但這些小店必須和我們另立新約，為期十八個月，租金將於半年減租期過去，按舊約租金，通通加租兩成。」

二哥問：「這行得通嗎？」

他說：「趕絕他們，等於趕絕自己。這個疫情不會長久，到時經濟復甦，各行各業生意回來了，自然能起死回生。關鍵只繫於我們能及時助他們渡過難關。」🐳

《誰才算過得好》

人生在世，無法事事要求完美，擇善固執，不遺餘力去追尋夢想，最終結果如何，尚要取決於許多變數。

我曾經倔強不屈，敢作敢為，事業上好勇鬥狠，即使戰績赫赫，回想起來，恐怕只有得不償失。

那時候，當我遇上難題，會認真思考，努力去找出一個解決方法。

難題通常涉及許多未知之事，我免不了作出許多假設，虛擬出不同情況，以協助我得出最合理的見解來。

但思考即使是為了一個現實問題而作，由於我當時掌握的事實證據實在太少，大量假設便主導了我的思考方向。

　　我越想下去，便無法實事求是，思考滲進了臆測和妄想，它在原來的現實以外，不知不覺地構想出另一個虛擬世界。

　　到了一個階段，現實和虛幻之間，界線變得模糊，我面對難題，為了捨難取易，免不了時而貼近現實，時而以妄想作墊，儘量避免觸及痛處。

　　我開始胡思亂想，只顧沈醉於虛幻。

　　當現實入侵我的幻象世界，並試圖將它撕破時，我在這快要幻滅的妄念之外，又重新構建出一個全新的幻境。

　　當我聽見一句說話，會將它扭曲，成了一種片聽和偏聽，同時我開始失去客觀理解能力，別人試圖向我游說，想將我從幻境之中拉出來。我卻以為眾人皆醉我獨醒，對真實世界所發生的事情，報以虛妄，我的客觀思考能力，已蕩然無存。

　　醫生為我斷了症，說我患上了精神分裂症，但我一直不肯配合治療，拒絕服藥。

我失去工作，亦找不到新工作。親朋戚友，名不副實，通通離我而去。

我流落街頭，成為拾荒者，以天為蓋地為蓆，我在都市中橫行，一身骯髒，無人敢接近。我甚至連金錢都不在乎，每天吃喝拉撒，卻總有辦法解決。夏天暑熱，便只穿條爛褲子；冬天天寒，垃圾站裡被人丟棄的大衣棉被，俯拾皆是。

我是個社會中罕有不用工作，不用供樓，不用交稅，沒有負債，卻不愁吃喝的人。

當人人都覺得我可憐的時候，我的逍遙自在、自得其樂，惟有我自己一人知道。

有時候，我趁麥當勞餐廳打烊的時候，在門外等著，幾個在裡面工作的職員，剛好下班，他們看見我，毋須詢問，將一早留給我的漢堡包和汽水，用紙袋包好，免費送給我吃。

他們對我說：「你餓了就來，我們會免費給你吃，畢竟每晚下班的時候，總有賣剩的食物，公司長期浪費食物，叫我們將剩物丟棄之前噴上殺蟲水，免得惹來大批街坊，晚晚來拾免費晚餐。」

無論我到哪去，總有善心人給我食物吃飽，甚至基本藥物都給我備用。

　　作為流浪漢的日子，不知不覺已經三十年，記憶當中，我沒有過過一天吃不飽、穿不暖的日子。就算天刮大風，下著雷雨，這城市裡可躲避的地方，我無所不知，亦沒有不曾到過。

　　我是人世間所謂幸福的反相。這麼多年來，我見過無數營營役役上班上課的人，我知道他們為了生活，為了一個斗室的分期付款，甚至於生兒育女，追名逐利。沒有分毫債務的人，少之又少。

　　有時候我會忽發奇想：「人生對許多人而言，等同於用一輩子的時間去還債。我沒有債主，我不用還債，我和大部分人的分別，只是生活方式不同。我不需要仰人鼻息，受人管制，叫人施捨，若問誰的生活較為幸福，我不敢肯定，可以的話，我倒想問一下他們。」

　　有一個晚上，我躺在天橋底，聽收音機，喝著啤酒，我遠遠看見有兩個年輕女子，拿著公文，緩緩走到我面前。

　　她們態度親切，向我表明為職業社工。她們問候了我一聲，又送給我一些零食。

　　其中一個社工說：「伯伯，我們可為你安排一個政府單身房屋，讓你永久居住，以及一些生活津助，另外若你願意的話，我們明天早上帶你去看醫生，做個身體檢查，你說好不好？」

　　我說：「你們不要對我那麼好了，什麼身體檢查亦不必了，我已習慣了這樣的生活，我不想改變，就算是有病，我也不尋求醫治，死對我來說亦沒有什麼大不了。我沒交稅三十年了，要政府那麼多福利，不是要欠你們這些納稅人的錢嗎？」

　　她說：「這是政府該做的事情，你確實有這些需要，又怎能說成欠呢？」

　　她們對我的憐憫，當然是出於好意，卻同時惹起我的反感，我覺得自己並不可憐，我甚至自覺生活幸福。

　　我嚴肅起來，對她們說：「你們以為自己過得比我好嗎？你們個個欠債累累，超時工作，失去了的自由，以花錢購物吃喝去彌補，甘願一生為奴。你們所說的幸福，只是自欺欺人，自圓其說！」

她們聽了，有點反省，然後說：「伯伯，如你不願意接受這些福利安排，那麼我們便不勉強你了。伯伯，你自得其樂，秘訣在哪裡？」

　　我說：「你們不快樂，因為你們需要太多；我容易滿足，因為需要很少，所以我便快樂。」

《虛驚》

　　成年人們只不過是一群大小孩，作為大小孩的我們童心未泯並未曾真正長大，行為偶有偏差，不識好歹膚淺短視，思想有欠成熟，心智和真實年齡差距大，距離不惑知命、大器晚成的境界遙不可及。

　　可是我們個個都相當優秀知善知仁，我們都懷著天賦良心和一顆被世俗污染了的赤子童心。

　　我們竭盡所能、力臻真美善的一份苦心必將指日實現，只因為我們在遠赴真理殿堂的大道上一直前行，從來沒有輕言放棄過。

　　每當我們做錯了什麼事，思想上有欠純正，存在歪邪，蘊藏於內的良心當被違背了，自然自慚形穢，不安折騰。這種不安的感覺是一種靈病魂疾，戴罪之身茶飯不思之餘，同樣睡不安席，直至因悔疚而生的內心折磨以緩慢的速度催生出正念和敢於面對與糾正錯誤的勇氣作止。

　　思行當違背人皆有之的良心，人的心靈無可避免處於左右背馳、左右撕裂之痛。心裂使靈魂不復統一自處，靈魂病需要人以懺悔的方式使心縫癒合。

　　千錯萬錯，惡貫滿盈，人罪若非難以挽救重來的殺人放火、嚴重傷害他人身體，或是涉及對兒童和女性的虐待和性侵罪行之外，一切對罪之寬饒從來只會以重斥輕刑作懲戒手段。

　　小懲大戒不要人命，你作為罪人來說，懲罰如被父母師長斥責稱不上是種大刑罰，有則改之，無則加勉，當走在真理大道上，偏離正向的步伐司空見慣，懲戒對任何人來說，其必要性和常規性就如是家常便飯、吃喝拉撒。

　　蒙上天眷顧和憐憫，我們在罪與罰之狹路上逐漸長大成人。

罰是大道抄道上的坎，因踏上了而摔個焦頭爛額定是理所當然，我們要做的，是爬起身來繼續向真理的前路奮進。

　　當稍作回頭，一眼看過去，我們無人無錯，面對懲罰沒什麼大不了卻要藉機認清是非對錯，當事過境遷能重新納入正軌，大責小懲無非只是虛驚一場而已。🐾

《不均之囑》

有時候我懷疑「血濃於水」這四個字的涵義，並非放諸四海而皆準，這涵義在我心裡，結合了我的親身經歷，簡直是一派胡言。

有個現象，是這句老話若套用於大富人家，它必絕不準確，反觀平民百姓，生育眾多的家庭，倒能上下齊心，一家人和睦相處。

我爺爺去世前的幾天，以呼吸機幫助供氧吊命，死前最後的幾個小時，他才吩咐律師準備遺囑。

他決定將豐厚的遺產只傳男而不傳女，姑媽姑姐為外嫁女，被排斥於遺產受益人之列以

外。當聽到律師這樣說，她們知道爸爸連一個崩都不分給她們，欲向我的叔伯討點好處，說在情在理，彼此兄弟姊妹一場，遺產不分大份，外嫁女每人瓜分一二百萬亦相當合理。

但叔伯們一談到錢，顯得非常決絕，十個兄弟姊妹五六十年的感情，即時分崩離析，毀於一旦。

我的爸爸甚至對姑媽姑姐們說：「要是將爸爸的財產分給你們，不是等同於將錢自動轉帳給女婿們？你們是外姓人，這裡一分錢也不屬於你們，鬼叫你們生來是女人？」

當時我大概十一二歲，親眼目睹手足為錢相害的人性醜陋，至今人到中年，已有四十年的光景，而當日我的所見所聞，至今仍歷歷在目。

我以上一輩叔伯姑姑為了錢而至死不相往來的結局為鑑，希望這樣的事情不會發生在我和我的姐妹三人身上。但我對所謂親情已失去了應有的珍惜和信賴。我只感到血濃於水這四個字，經不起考驗，純粹是文人多大話，憑空臆造出來。

我一輩子情願廣結善緣，多交朋友，彌補我對親情之不信任。

我爸爸承繼了爺爺的財產，本身又極為吝嗇慳儉，所以他的財富同樣相當豐厚。爸爸和爺爺對人對金錢的心態如出一轍，內心同樣剛愎寡恩，即使老了，亦不會早訂遺囑，他現在七十餘歲，我可以想像，他務必要到了臨斷氣的前一刻，才吩咐律師將遺產的安排說明清楚。

我在家中居中，有一姊一妹，她們自小便痛恨爸爸。因為爸爸經常醉酒鬧事，弄得一家人雞犬不寧。他又是個好色之徒，嫖娼是他另一個嗜好，他品格下流，滿口粗言穢語。

自從姊妹嫁了人，便絕少回家探望，到了我成家了，我便叫媽媽搬過來和我一家同住，免得爸爸喝醉了酒，動輒動手動腳，出手打媽媽。

我這時五十昏黃之年，我不像姐姐和妹妹，她們對爸爸的仇恨，是終生不變。而我？我知道爸爸眾叛親離，年紀又大了，我自覺對他有種作為兒子的責任，抱著頗為麻木的心情，每個月去探望他兩次。

即使我偶有探望，我對爸爸的生活方式也不太了解，唯一知道的，是他因長期獨處而始感厭世，每日喝大量威士忌去麻痺內心的抑鬱。

每月探望爸爸，成了我十五年來的習慣，我一直留意他的健康狀況，卻沒有發現任何異常。

　　一日，我如常去看爸爸，發現他小腿至腳部浮腫起來，雙腳腫得連鞋子也穿不上。我想帶他去看醫生，他不想花錢，說這是小毛病，老人家的通病，我無法勉強他，這事情便不了了之。

　　這次和爸爸見面之後，我因工作煩事多，無法抽空，足有兩個月沒再見他。

　　有晚下班，已是晚上九時多，我和同事吃過晚飯，見餐廳就近爸爸的住處，便漏夜到了他家探視。這次見到他，我駭然發覺他的眼白泛黃，全身的皮膚同時呈黃色，我心知他必是長期喝酒導致肝病，我便對他說：「爸爸，你犯了肝病，明天我陪你進院檢查，你必定要去。」

　　翌日，我陪同爸爸到醫院檢查，醫生仔細察看爸爸的眼睛，皮膚和腹腔，為他抽血和採了尿液樣本，還做了個電腦掃描。然後對我們說：「化驗和掃描結果需時，但初部觀察，先生你是患上了肝炎和肝硬化。你們明天再來，等報告出來了，我再詳細向你們解釋。」

　　翌日清晨，我和爸爸一早到了醫院見醫生，他直話

直說：「長期喝酒，導致你的肝臟纖維化，現在已經到了末期。如果你繼續喝酒，恐怕過不了今年。藥物只可以紓緩偶發性的痛楚，和減輕腹腔積水，卻並不能恢復你的肝臟功能。」

果然不到半年時間，爸爸開始感覺雙腳劇痛，當藥物止不住他的痛時，便要我陪他到醫院住幾天，好轉了一點，他又喊要出院，說要回家喝酒。

這樣進進出出醫院的日子，不到三個月，爸爸開始出現精神上間歇性昏亂狀態。

當我正要送他到醫院之時，他以有限的精神，將他的房產、票據和定期儲蓄戶口的名單，羅列在一個本子上，他拿起一個律師的名片，對我說：「這本子上寫著的，是我全部的財產，我還有幾千元現金放在書桌的抽櫃裡，全部加起來，不少於八千萬元，我是個快要死去的人，你現在就叫這個律師來，給他三萬元報酬，趁我尚未死去，我要立個遺囑，將這所有全歸於你。」

我看到本子上明細，知道這一切快將屬於我，我感覺麻木。我照著爸爸的吩咐，叫了律師來，在他的見證下，遺囑便立了。

這時，爸爸的眼珠朝上，我馬上叫了救護車，他躺在車中擔架上垂危，我就坐在他的身邊，一直看著救護員急救。這個車程共花了二十分鐘，尚未到達醫院，救護車還在駛著，我只見爸爸已無氣息，深知他已經死了。

　　我打電話給媽媽和我的姊妹，說爸爸死在救護車上，她們沒有半點愕然和悲傷，姊姊叫我在醫院裡辦好爸爸的死亡證書和其他事情，晚上到她家附近的酒樓，一邊吃飯一邊商討。

　　我對姐姐說：「爸爸早已立了遺囑，趁時間尚早，我辦好死亡證書，一同去律師事務所見律師好嗎？」

　　姐姐在電話中停頓了很久，她說：「爸爸遺下了多少錢？有房子嗎？遺囑是什麼時候立的？遺產如何分配？」

　　我冷靜地說：「你先別急，等一下律師自然會有交待。」

　　不消一個小時，我便從醫院取得爸爸的死亡證書，這時是上午十時，距離我們三姊弟妹到律師事務所尚有四個小時的時間。我離開了醫院，內心忐忑，我覺得爸爸的遺產分配，看似不公，但幾十年來，我的姊姊和妹妹，甚至我的媽媽，從來沒有探望過爸爸。這世上，我便是爸

爸唯一的親人親兒子，爸爸將遺產全留給我，是人之常情。如我的姊妹心生不忿，我願意和她們分享這份財產，但分也有個分法，是均分，還是我佔大部分？還是給她們各人一個可觀的金額作結？

但想深一層，給她們是情，不給她們我卻有條大道理，幾十年對爸爸不聞不問，到人死了，就要來分錢，豈不卑鄙，豈非無恥？

我一直思考一直漫無目的地走，經過了一間天主教教堂，鐵閘是敞開的，於是我走了進去，在空無一人的座堂裡找了個位置，手按聖經，向天父祈禱。

這時，有個六十多歲，身穿白袍的神父走過來，他說現在是午飯時間，問我餓不餓，他那裡有咖啡麵包，可一起分享。

我毫不猶豫地跟著神父到教堂的會客室，一邊喝著咖啡，一邊將我的所經所遇，和我正要面對的難題，詢問他的意見。

神父說：「我不能為你決定什麼，我只能就我對你的困難，告訴你我的看法。

「你有絕對的權力，關於怎樣去處理你的財富，因為你爸爸已清楚表明將所有財產歸予你一人，這筆財產便是你應得的。

「你的姐姐妹妹想瓜分你的財產，你要給她們多少，就是多少。按照法律，無論你給她們或多或少，她們不可有任何異議。」

我說：「神父啊，她兩生不見人，死來瓜分，我覺得將遺產均分給她們，是獎勵不孝的人的舉措。」

神父說：「那麼你不均分給她們，便是對她們不孝的一種懲罰了。」

我說：「神父，假如我只給她們各一筆錢作了，她們仇恨我，那我應該怎麼辦？」

神父說：「這是無可避免的。」

這時，神父見我尚有疑慮，便說：「除非你的姊或妹生活貧窮，遇上危難，而你袖手旁觀，見死不救，那麼她們對你的仇恨才算合理。」

《無罪之責》

生而貧窮，並不是我的選擇，因為我的出生，事前從來沒有人問及我的意願。

貧窮於我，是個事實，但當時我年紀小，對貧窮著實沒有清晰的概念，生活上也沒有半點困窘的感覺。

到了後來，我上了中學，漸漸從無知中擺脫出來，我方才活生生地感受到我正就是活於貧窮之中。

有次我和幾個同學在市區租了單車，一同出發至郊區，然後折返，想嘗一下遠程單車旅行的樂趣。當我們快要到達市區之時，我踏的

單車車輪爆開，由於車速太快，我整個人摔在路膊上，腰間肋骨折斷。同學們馬上跑到鄰近的便利店，打電話報警，可是當時公路上大塞車，救護車花了一小時才到達，直到我被送到手術室搶救，足足花了三個小時。

醫生說我的腎臟動脈嚴重受損，要接受屍腎移植，鑑於我年紀輕，醫院恰好有適合移植的腎臟，我被視為優先接受手術的對象。據醫生說，手術相當成功，從移植手術到我終於離開醫院，歷時兩個月時間。

自此，我定期見醫生，吃一些不知名的藥物，這樣的日子，又過了一年。

後來我發現我的小腿至腳部無故地浮腫，身上出了許多紅疹，醫生便要求我入院檢查。到了檢查結果出來，我的父母到了醫院，和我一同聽醫生的解釋。

醫生對我的父母說：「你們的兒子對新移植的腎臟出現排斥，藥物亦不見效，現在只好定期洗腎。」

「洗腎是一種非常昂貴的醫療服務，但我們可以替你向政府申請豁免，事前你們要聯絡醫務社工，向他提供一些收入證明和稅單之類的資料，這件事要馬上去辦，不能再耽誤啊。」

因為一次踏單車的意外，我成了一個終身靠洗腎機除去血液內的廢物和代謝物的廢人。

我每星期洗腎三次，費用由政府津助，由於我不能天天上學，我的課堂和學業進度由學校度身訂造，原來我還有三年便畢業了，現在學校要延長至五年。

我是家中的獨子，住的地方是政府公共房屋，月租才兩千元，雙親五十出頭，各有工作，所以即使我罹患了這個麻煩病，亦不知道能活多久，我們一家人雖然貧窮，卻不因我的病而對一家人構成什麼財政上的負擔。

年復一年，我為了洗腎，定期進進出出醫院，不用洗腎的日子，我如常上學。到了二十一歲，我終於順利完成中學學業，領了醫務社工替我向政府申請的傷殘津貼，那個錢少得只夠我每天買一個漢堡包來吃。

中學既然畢業了，我開始焦急起來，一夜，我為了我的將來徹夜難眠。我想：「爸爸媽媽快六十歲了，他們還能養我多久？我一個星期三次洗腎比吃飯還重要，政府給我的救助金，連飯都吃不起，我想自食其力，但試問這世上有誰會僱用一個一週只上兩三天班的人？

條條路都是絕路，再過十年，我父母垂老退休了，到時候我的光景將會如何？」

接下來的日子，我發覺家裡出現了微妙的變化。爸爸多年的煙癮一下子戒掉了，我們一家人的每一頓飯，肉少吃了，滿桌都是瓜瓜菜菜，媽媽煲飯，用的米量是僅足的，她給我裝滿滿的飯，他們卻吃得很少，情願讓我多添點飯。

每星期天上茶樓吃點心的機會變成每一個月一次。夏天暑熱，只有我的房間開著空調。

他們在生活的各方面都非常節約，不走訪親戚朋友，也謝絕一切應酬。爸爸原來晚上七點就回家吃飯，現在他經常超時工作，我們晚飯的時間也推遲了。

我無法找到正常的工作，只能在快餐店做些送外賣、清潔廚房的散工。

我知道讀書時的同學們都各有事業，成家立室，唯獨我一人身不由己，處境艱難。我真正感受到什麼叫貧窮，這種貧窮是貧窮中最惡毒的，因為就算我肯努力，什麼我都願意去做，這貧窮卻無法逆轉，一輩子無法擺脫。

我家才三百平方呎,自從我上了中學,父母一直用木板作間格,建了一個小房間給我睡,他們就睡在大廳,媽媽睡在沙發上,爸爸拿來軟墊鋪在地上睡。

有晚我睡不著覺,摸黑上廁所小便,我看到爸媽站在窗前的背影,他們刻意輕聲說話,我卻聽得非常清楚。

爸爸說:「工廠規定了,我三年後六十五歲便要退休,到時候我找些散工做,應該可以多做五年。」

媽媽說:「我現正做鐘點傭工,過兩年那些小姐太太會嫌我手慢腳慢,我做不下去的話,便去做個保安員或大廈清潔,也能做得到六十五歲。」

爸爸說:「嗯,我們能工作一天便一天,到了我們都老了,無法再工作下去,能存下來的錢,必定足夠應付兒子一輩子的生活費,那我們對他的責任就算完成了。」

我聽了爸媽的對話,不禁流下眼淚,我憋住自己的哭泣聲,向他們的背影跪了下來。🐾

《綠色的檸檬》

　　當我快要渴死了，我努力找尋能為我止渴的東西，無論它是一杯水也好，一個生果也好，我必會立刻將它喝下吃下，去達到止渴的效果。

　　將渴止住，遂成了我於頃刻唯一而迫在眉睫的目的。

　　我駭然發現這荒地裡，竟然有棵檸檬樹，我毫不猶豫從樹上摘了個檸檬剝來吃。那個尚未成熟的檸檬，表皮是綠色的，味道就連酸都不是，它異常苦澀，於是我埋怨上天。

我說：「我快要渴死了，我內心只有一個卑微的要求，它可能只是一杯水，一個不好吃的水果，但這個檸檬，苦得難以下嚥，在這時候上天賜我一個極難吃的綠色檸檬，難道是在作弄我嗎？」

渴是苦，吃這檸檬同樣是苦，但要是我再渴下去，恐怕性命難保，既然埋怨不可使檸檬變甜，我別無選擇，捏著鼻子，咬開檸檬肉，讓它的苦汁流過口腔，通過喉嚨，暫時止住我的渴，保住我的命。

《天擇》

　　人人皆欲成富，一嘗擁有大富的滋味，但既然大多數人非屬富人，他們對財富美好的憧憬，大概只是一種未經真實體驗的幻想。

　　在他們心裡，只知道活在貧窮和不足的可怕，及其衍生出來的困苦。貧窮大致可以用錢財來解決，當錢財能濟困是不爭的事實，人不用真正成富已能聯想到財富的美好，所以無人不欲成富，且越富越好。

　　況且人見人有而自己沒有，是個看得見的事實，於是人無法不承認自己並不富有，甚至相當貧窮，而後盡力去擺脫貧窮。

水台不因流水漂，富者逝於未富時。

我和哥哥是對雙胞胎，我們尚未出生之時，已在母親的腹中爭先出世，務必要早出為大。結果我爭輸了，我自出娘胎，便被哥哥叫做弟弟，而我自然地稱他為哥哥了。

這一爭，令我們在出生時遇上障礙，有過短暫的缺氧，這情況並沒有帶給我們健康上的不良影響，卻微妙地改變了我們的腦細胞中的介質，使我和哥哥成為與眾不同的天才。

花開兩朵，各表一枝。

早在我們就讀小學時，校長經過我母親的同意，刻意將我們分開兩班上課，校長有他的理據，他認為雙胞胎各自要有獨立的經歷和朋友，但這一分，一直到我兩差不多快要中學畢業，我和哥哥的遭遇，並沒有像校長的預期一樣。我和哥哥在全級同學的成績排名，不是他取得第一名，便是我拿第一名。

到了大學入學試的一年，當我和哥哥還在爭個你死我活，忽然我經歷了兩個月的情緒低落，學業明顯地退步，再過兩個月，我無緣無故地感覺萬念俱灰，我害怕了上學，怯於見人，甚至過了不久，決定逃學。

我如常掙扎起床，換上校服，刻意比哥哥早出門，然後找個公園呆坐。直至兩三日後，媽媽和哥哥從我的班主任那裡得知我逃學的事情，便向我問個清楚。

　　我無法解釋，我只要求她們給我點時間，接下來的日子，媽媽替我向學校請假，而我的情況一直沒有好轉，每日除了上廁所，勉強吃點東西，我長期躺在床上，求死的念頭動輒湧現心上。

　　我和哥哥生於單親家庭，一家三口住在一間又爛又舊的公共房屋，媽媽是個賣衣服的小販，當她出門工作，哥哥又上學了，我便長期獨自一人，捱著抑鬱的死念，躺在床上，不斷盤算著最好的自殺方法。

　　每天入黑，當媽媽和哥哥回家，看見我躺在床上，我看出她們的憂慮和無奈。媽媽曾想過帶我去看精神科醫生，但畢竟她收入有限，醫藥費動輒三四千一個月，她實在負擔不起，唯有抱著觀望的態度。

　　這些日子維持了三個月，校長對我媽媽說我已沒有可能追上學習進度，只能讓我休學一年。

　　一天，我躺在床上覺得口乾，見桌上有個橘子，便拿來剝了皮吃，我又看到桌上有一瓶藥丸，我脅著求死的

念頭，在沒有清水送口的情況下將所有藥丸吞進肚子裡。

吞了整瓶藥丸，我馬上跑到床上，用被子從頭到腳蓋著，我不知道此舉將會為我帶來什麼後果，我流著眼淚，心想：永別了，媽媽和哥哥，你們就當我從來沒有出世過吧。

翌日不知何時，我醒來了，我睡著的床是一張醫院的病床，我起來探看，病房是個精神病專用病房。

我在那裡，住了四個月的時間，護士每天給我吃藥，一天三次，不久我的情緒從抑鬱轉為開朗，我開始為我的將來設想，整個人積極起來。

有日哥哥來探病，他拿了大學入學試的成績單，我一看，竟是五優五良的佳績。哥哥說：「香港大學法律學院已錄取我了。」

我對哥哥說：「我還要回去補讀中學最後一年，但我一點信心也沒有。」

哥哥說：「我將來當了律師，收入高了，我可照顧你和媽媽，我會買大屋，享受富裕的生活，我們再不會貧窮，有哥哥在，弟弟你盡力去補課，無論成績如何，也不用擔心。」

我出院不久，就復課了，藥物的副作用令我記憶力和專注力變差，上課的時候感昏昏欲睡。我從往昔的優秀變成現在的平庸，大學入學試的成績並不理想，隨便修讀一個進修課程，畢業後只能找到一份普通工作。

　　反觀我哥哥不負眾望，當了個大律師，並順利通過兩年的實習期。當我們一家人四處找合適的房子作新居之時，忽然我見到哥哥心事重重。

　　一連五天，他一直躺在床上，家中的氣氛彌漫著愁雲慘霧。我和媽媽問他發生了什麼事，他對我們說無法解釋。

　　一晚，哥哥吃過晚飯，說約了朋友消遣，媽媽執拾碗筷，我就拿了鬍刀刮鬍子，我在右邊臉上輕輕一刮，一條深深的血痕被刮了出來，鮮血一滴一滴地滴在我的胸口，再直流到地上，我用了大量的紙巾吸走臉上的血，花了半個小時，血才止住。

　　大概凌晨三時，哥哥尚未回家，我和媽媽不以為然，如常睡覺，忽然電話響起，媽媽彈了起來，接起電話，聽了只三十秒，便嚎哭起來。

　　我從媽媽手中搶過電話，是警察局打來，警察以溫柔和同情的語調對我說：「我們在油麻地一個樓頂上，發現你哥哥上吊，他明顯斷氣了，現在警員在事發當場等你們，你們去協助他調查一下吧。」

　　我掛了電話，胸口劇痛，雙眼通紅，雙眼卻流不出眼淚來，我冷靜地叫鄰居看緊媽媽，換了衣服，到樓下截了的士，趕去現場。

　　我坐在高速行駛的的士上，終於忍不住了，我淚如泉湧，心裡想：哥哥，你不是說過要照顧媽媽和我嗎？你不是說要讓我們一起脫離貧窮的嗎？你是如此的成功，你前途無量，卻英年早逝，反而成功於我，早就幻滅了，上天偏偏卻要我倖存下來，豈非不解，豈非諷刺？◐

《惜》

　　猶記當年，我在內地娶妻，由於我的工作地點在香港，老婆和兒子卻一直住在東莞娘家，夫妻兩地離愁，為了團圓，我決意申請妻兒從內地來香港居住。

　　那個年代，人浮於事，我一直打些散工，賺回來的錢，夠交房租不夠吃飯，後來我無意中看到一個進口米的批發商請搬運工人，老闆出手雖低，我覺得卻比打散工好，起碼收入穩定，不再需要為生活愁煩不休。

　　第一天上班工作，叫我畢生難忘。

　　其實我從來沒有做過搬運工作的，那天早

上，老闆對我說這工作簡單，就是將一包一包的泰國米，從碼頭卸貨區搬上木頭車，十包一疊，直至堆滿木頭車為止。接著木頭車會由另一個工人推到等候著的大貨車上貨。

一車滿了，再一車，午休一下，再搬，一直搬到下班為止。工資是多勞多得，但搬得太少的話，老闆是不會錄用的。

當時我連一包五十公斤的米究竟有多重也不清楚，到了我將它扛在肩膀上的時候，我即時感覺上重下輕，雙腿發軟，便摔在地上，用來載米的麻布袋爆開，其中一半以上的米全都散落一地。

那地上沙塵滾滾，米和沙混在一起，這是賣不出的，他們說，要將它們分開，便要一點一點地篩，每次的篩量不能太多，多了，沙是篩不乾淨的。

我闖了禍，但老闆沒有責怪，他叫我鍛煉好身體，力氣便自然來。於是我買了一對啞鈴回家，日練夜練，練得全身肌肉，搬運工作對我來說，自此已不是問題了。

我在米行工作，不知不覺已有十多年，兒子已長大成人，出外謀生了。

我經常對自己說，受人恩惠千年記，若不是老闆用我，我這個目不識丁的人，在這十多年來，又有何本事去養活妻兒？

　　每月最後一日，老闆例必將批發賺得來的現金，從米行的夾萬取出來，叫兩個最孔武有力的搬運工陪伴著他到銀行存款。今天巧合地那兩個搬運工皆請了事假，老闆執意要去銀行存款，見我的工夫已做得七七八八了，便叫我陪他去銀行存款。

　　老闆將巨款放在一個大紙袋裡，離開米行，我後隨著他作保護。怎料光天化日，有兩個大漢截住我們，其中一個手執牛肉刀，他們大喝：「將錢通通交出來！」

　　我老闆不肯，將紙袋緊摟在懷中，那執刀的漢子不作思考，便一刀向老闆劈過去。

　　我護主心切，用右手擋刀，漢子再劈，老闆避開，卻失足倒在地上，他未被刀傷，錢卻被那兩個大漢搶了。

　　這次我遭逢大劫，壯士斷臂，成了個終身殘廢的人。我在醫院住了三個星期，老闆每晚都來看我，他叫我放心休養，我家裡的事，暫時由他來擔當。

　　到了我的傷口癒合，我在家中等待老闆的安排，一日老闆前來探望，當時我的老婆在廚房煮飯，老闆帶了一些名貴的參茸海味送給我，然後拿了張摺櫈坐在我對面，他說：「你失了右臂，無法再做搬運工作，米行又沒有你能稱職的崗位，但這些年來你對我一片忠心，當天的意外，假如沒有你擋在我前面，恐怕我連命都沒有了。」

　　我默默無言，因為我實在想不出該對老闆說什麼才好。

　　這時，老闆從衣袋裡取出支票本和鋼筆，在支票上寫了十萬元，簽了名，然後遞給我。

　　老闆說：「我們開米行的，是表面風光，辛苦賺來只是微利，我本身兒女多，部分還在唸書，能擠出來給你，就這裡的十萬元，錢是不多，但我已盡了力。」

　　我的老婆在廚房裡聽到老闆只賠十萬元，想到我為了保護他成了終身殘廢，便心有不甘，怒火沖天，她對老闆大罵：「我老公的犧牲，保住你的命，這個代價就只十萬元嗎？你看你手上戴著的勞力士，也不止此數。我老公現在連拿雙筷子也不能，他還有什麼謀生能力？」

這時，老闆將腕上的勞力士除下來，壓在那張十萬元的支票上面，他說：「好吧，手錶都給你們了，我也無能為力了。」

老闆站起身來，淡然離開我家。

我對老婆說：「算了，不要再糾纏下去了，也不要再對這個人抱任何期望了。」

老婆壓抑著怒氣，她說：「想回當天你們被搶劫的事，老闆抱緊錢而不放，而你呢，你就用你的右臂去擋刀。假如他願意將錢交出來，你會被砍嗎？」

我說：「在那千鈞一髮之際，我不僅想保護老闆，我同時想保住那筆錢，你永遠不會明白我們做搬運工作的人。那時候是七月份，是一年之中最炎熱的時候，我每搬一包米，所費的力氣，是最大的，流的汗水，也是最多的，我們米行賺的每一分錢，都是以血汗換來，我奮不顧身用手臂擋刀，心裡只有一念，就是假如錢被搶了，當中我出的每分苦力，將會是前功盡棄了。」🐾

《的士後座》

　　婦人抱著在發高燒的幼女，等救護車到來已有半個小時，她怕再耽誤下去，女兒的健康會出現嚴重的問題，便一手摟著女兒，一手執著錢包，衝到樓下，伸手截了的士。

　　婦人對司機說：「到最近的急症室，要快點啊。」

　　婦人的丈夫是個地盤工人，收入偏低，自從她的女兒出生後，她便辭了工作，在家裡相夫教女。

　　丈夫是個老實人，他每個月底付了住所的租金，便將剩下來的薪資全數交給妻子，這幾

年來經濟不景氣，丈夫給她的家用一直沒有增加，剛好六千元，他們一家人的水電煤、食用以至其餘的雜費，都包含在這六千元裡面，拮据得多一塊錢也沒有。

的士開到了一間公立醫院急症室門外，婦人便付了車資，為了抱著女兒下車，她將錢包放在座椅上，下車關起門來，竟將錢包遺漏在車內。

婦人有個壞習慣，是她習慣將所有家用錢都放在錢包裡，剛好昨天丈夫給了她六千元家用，扣除了車資，婦人遺失了五千多元。

醫院門外有個的士站，排在最前面的是個年輕人，他愛吃喝玩樂，入不敷出，為了趕去見個豬朋狗友閒聊一下，他上了剛才婦人坐過的的士，對司機說明目的地之後，他駭然發現婦人遺下的錢包，即時雙眼發亮。

為謹慎起見，他故意和司機亂吹了幾句，當他確定司機沒有發現錢包之後，便小心翼翼地將錢包打開，然後將裡面的鈔票逐張數清楚，發現足有五千多元。他心裡大喜，將鈔票抽出，放在自己的錢包裡，趁著司機不留意，便開了車窗，將錢包扔出車外。

他用了極短的時間盤算了一下，該怎樣花這天降橫財。

他想：「中環開了間高級牛排餐廳，那裡的安格斯牛排，聽說吃一塊也要八百多元，我再叫杯1980年的拉菲，紅酒配牛排，肯定是一絕，埋單應該不會超過一千五百元。剩下來尚有四千，我就去尖沙咀的夜總會摟個舞女，過一晚夜三千不到。剩下一千可用來清還些信用卡欠款，就這樣吧！」

年輕人即時告訴司機轉去中環牛排餐廳，同時，他打電話給朋友告訴他約會取消。

年輕人按著計劃吃牛排喝紅酒，再去玩女人至天亮。

他離開賓館，截了輛的士，想回家睡個晏覺。賓館離他家遠，車程至少要五十分鐘，他感覺無聊，便開始和司機聊天。

他說：「司機，你一個月收入有多少？」

司機說：「這個難說，我們光是車租和加油費，每日成本四百，生意額要超出四百才歸我所得，生意好的話，一日有一千多一點，生意不好的話，可能只有八百。」

年輕人再問：「那麼平均來說，假設扣除了四百元的成本，你每天賺到五六百，一個月就是一萬五左右吧。」

司機說：「唉，你不明白我們開的士的苦，一萬五是有，但也要相當拼命，一天開十二個小時才能達標。生意不好的話，我們連假期都沒有，世界艱難啊！」

年輕人忽然想起他拾遺的事，吃牛排喝紅酒，到夜總會玩女人的滿足感像是夢一場，此刻已煙消雲散。

他問司機：「司機，如果你有日在街上拾到個錢包，裡面有五千元，你會怎樣做？」

司機說：「五千元不是個小數目啊，這是無法想像的事。」

他再問：「你會將錢包送去警察局，還是乾脆將錢據為己有？」

司機想了良久，然後說：「就當那丟了錢包的人倒楣吧，我會將錢用之而後快，難道這世上還有人會老老實實將錢包拿去報警嗎？」

年輕人問最後一個問題：「難道拾遺而據為己有，不違反道德嗎？」

　　司機毫不猶豫地說：「反過來說，人不是應該好好保管自己的財物嗎？有人粗心大意，丟了金銀財寶，不是應該受點教訓，受點懲罰嗎？他能怪誰？」

　　年輕人聽了，獨坐在的士的後座上，他反覆地想：「司機說的是道理，還是個歪理？」🐾

《暖流》

　　我們一家五口，從不足一百平方呎的板間房搬到政府的公營房屋住，至今已有十五年光景了。猶記得當天我們收到房屋署的來信通知，獲編配六百多呎的特大公屋單位，一家人知悉後如天降甘露，個個歡天喜地。

　　我是家中長子，從爛屋搬到公屋的時候，我才十七歲多。

　　爸爸將公屋改裝，以厚木板間了兩個小房間，一個給他和媽媽住上，另一個給兩個妹妹居住，而我每晚就做個廳長，睡在一張可摺疊的帆布床，實行朝桁晚拆。這段日子，我們的

居住環境改善了，比起從前屈居板間房的日子，一家人臉上笑容常掛，彼此相處亦明顯融洽了許多。

我和兩個妹妹的年齡其實相差無幾，大妹十五歲，小妹剛上初中，才十三歲。

兩年後，我在公開考試中名列前茅，經過一輪面試，香港大學醫學院收錄了我為醫科學生。那時候，我的家境並不富裕，爸爸做地盤散工，媽媽在餐廳做洗碗工作，我本來打算修讀一些較易畢業的大學課程，儘早出來工作，為父母減輕負擔。但醫學課程時間比一般學系較長，從課堂研習，到做個實習醫生，直至正式行醫，順利的話也要花上七年時間。

我向父母解釋情況，他們當然支持我做醫生了，又說若我正式成為執業醫生，無疑是一家人莫大的榮譽。

爸爸說：「你即管努力讀書，家裡的開支你不用煩心，七年匆匆便過，到時候，你有你的事業，我們便可功成身退了。」

開學至今已有兩個多月，醫科的課程非常緊湊，測驗考試一浪接一浪，這短暫的經歷在我多年的讀書生涯中，絕對是史無前例的艱鉅。

　　我在家裡以飯桌當作書桌，在一家人看電視，有說有笑的氣氛下努力集中精神溫習。購來的參考書上百，我卻連一個放書的書櫃也沒有。

　　半年的醫學訓練過去，我的成績相當差，十幾個科目的考試，我有一半不及格。幸好教授給我重考的機會，我才勉勉強強通過重考。

　　為了找個寧靜的環境看書，我放學後索性留在大學圖書館，直至晚上差不多九時十時，才回家吃媽媽留給我的晚飯。

　　有時候，我為了應付考試，即使圖書館已到了閉館時間，我會到醫學大樓找個空著的課室繼續溫習，晚上回到家中，已是烏燈黑火，我連晚飯都不吃，簡單沖個涼，捱著餓，打開帆布床便去睡。

　　我日間上課，晚上以逐水草而居的方式溫習，深夜回到家中捱餓睡覺，以這樣的方式修讀醫科，比起其他不愁吃穿、家境富裕的同學來說，無疑是先天不足。

　　其實我覺得父母和兩個妹妹真的不知情識趣，他們一方面因為我是個準醫生而感覺高興，卻無知地沒有為我營造一個可在家裡研習的良好氣氛。我的參考書被他

們放在飯桌下的地上，週末一家人在家吃飯，飯後爸爸喝酒至凌晨，待他飲飽食醉，我才可清理廳中的垃圾，搬好桌椅，騰空地方讓摺起的帆布床打開，往往到了凌晨兩三點才可睡個好覺。

我歷盡辛酸升上醫學院第三年，成績是一百八十位醫科生之末。我對未來四年能順利畢業成為醫生並不抱任何期望。轉眼間我已經二十三歲了，眼見從前的中學同學一個個都大學畢業，就業的就業，進修的進修，假如未來四年我的成績追不上，我無法成為醫生，年紀已達二十七八，同時讓父母妹妹大失所望，那光景將必不堪設想！

我懷著既焦慮亦衝動的心情，走到教授的辦公室，我打算向他述說我的擔憂和境況。

我一臉凝重，對教授説：「教授，我家境貧困，連找個安靜的溫習地方都沒有，這三年來，我無法好好讀書，成績未如理想，再讀下去，我沒有能順利畢業的把握。我想放棄醫科學位，轉讀一些非專業的學位，你同意嗎？」

教授聽了，動了惻隱之心，他同情我的遭遇，便對我説：「醫學院的使命崇高，無論老師學生皆任重道遠，

進了來的必是社會中的尖子。這裡是個有進沒出的地方，我本人亦不會輕易讓學生畢不了業，成不了醫生！」

我低著頭，內心的痛苦難以壓抑，淚水一滴一滴地滴在地板上。

教授對我說：「你在這裡等一下。」

他離開了辦公室，大概十分鐘後，他領了校務秘書進來。

教授簡單地向秘書告知我所遇上的困難，然後指示秘書說：「你馬上到薄扶林道教授宿舍大樓找個最幽靜的房間給這個醫科生居住，為期四年，直至他畢業成為醫生為止。另外今天下午，你派司機到他家裡將所有參考書都搬到那個房間之中。這事情頗急，我不想有任何耽誤！」

秘書說：「教授，都聽見了，教授樓那裡有個房間空著，剛好在你的房間旁邊，你看可以嗎？」

教授回答：「無任歡迎！」

教授的安排充滿著人情味，他處事乾淨利落，我內心感覺有股暖流流過，一時之間，我全身發抖，感動得泣不成聲。🐦

《 譭譽 》

據說從前有對爺孫牽著一頭驢在趕路。

開始時，孫騎驢，爺走路，路人説：「為何要老人走路，年輕人有氣有力反而要給他騎驢？」

爺聽了，叫孫下來走路，自己騎驢，然後又有路人説：「年輕人尚小，走路辛苦，為何不讓他騎驢？」

於是，爺抱著孫一起騎驢，路人斥責：「爺孫一起騎驢，重量非驢所能負荷，此舉豈非虐待畜牲？」

最後，爺孫二人走路，好讓驢免受負重之苦，這時，路人又有話說：「驢是養來盛人負物的，爺孫走在地上，不是便宜了畜牲，暴殄天物嗎？」

爺聽了，再細心想一下，感覺顧此失彼。

他發覺無論是誰坐驢，驢負不負載，皆被人視為過失，而他一路上已經儘量順應路人的意見，亦滿足過這四種可能的情況，他已想不到再有什麼做法，可止住悠悠眾口。

爺爺從袋中取出瓶子，喝了口水，又讓孫兒喝了一口，他問孫兒：「你累不累？」

孫兒說：「我不累啊，爺爺。」

於是爺爺便上了驢背，讓孫兒領在前頭行。

過了一會兒，爺爺再問孫兒：「你都走了半個小時了，你來坐在驢背，讓爺爺在地上走吧。」

如是者，爺爺和孫兒每隔一段時間交換位置，到了一個茶亭之後，便將驢栓在大樹邊給牠喝水吃草。

爺爺帶著孫兒在茶亭坐下喝茶。

爺爺為剛才在市集的所聽所聞，始終不能釋懷。他低著頭沈思良久。

爺爺想：「剛才我所聽見的四種情況，皆有它的道理，而每一個道理亦似乎理所當然，就連小孩子亦會明白。但當我再切想下去，那四種情況卻又是互相排斥，互不相容。

我並不能從這四種情況背後的理據中，找出哪一個為最正確，但現實是同一時間，同一地點，同樣的我和孫兒，並不能將四個同樣合理的價值實現出來，這究竟說明了什麼？」

這時，桌上的茶尚未涼下來，孫兒急著喝，他被燙熱的滾茶灼到了嘴巴，痛得大叫一聲。

爺爺馬上遞上了涼水給他含在嘴裡降溫。

爺爺續想：「那四個路人所說的，都正確，都有道理，但同一個道理只可以容納於同一個時空裡，當它們同時出現，就像馬路堵車一樣，路被堵住了，理便不能通過。當我離開了市集，一直到達此處，一路上行人稀疏，足足兩個小時的路程，我是以我自己的意思，每半小時讓我

和孫兒輪流騎驢，我遠離了路人對我的譭譽，到了現在，我不累，孫兒不累，驢子不累，這證明了什麼？」

爺爺呷了口茶，一陣涼風吹過，清醒了他的頭腦，他忽然變得睿智，他「呀」了一聲，對自己說：「人要事事俱圓，努力去滿足所有人的期望，是不切實際的。崇理不存在於人世間之譭譽當中。」

《少年窮》

　　未必人人會如你一樣，對現況有著強烈的不滿，你不相信的話，你大可環顧四周，大多數人即使生活不如意，工作上遇上什麼棘手之事，他們亦能隨遇而安，以樂觀心態去面對。

　　但你的不滿不憤，是你對自身的能力和外表高估了許多，致使當你真與現實世界觸碰的時候，高下立見便成了你內心一個殘酷的事實。

　　你的不足，你欲改變自身的命運，望能早日達到你的願景，你便要增強自身的實力。

　　實力可從經驗累積而來，它亦可憑著讀書去進修得來，總而言之，那裡總有千萬種方法，去提升你自己，使你現況與願景的差距收窄。

　　你的憤世嫉俗，尚存在著與人不相同之處，是你活於貧窮而以你的貧窮為人生中最大的恥辱。

　　你認為貧窮是從你的父母那裡承繼而來，所以你連親生父母都瞧不起，你覺得他們都是粗人又目不識丁，沒出息地打死一世牛工。

　　但我可以對你說，父母生你，儘量賺錢為你供書教學，到了你中學大學畢業之後，他們既已完成了對你的責任，同時亦要將你的人生還於你。

　　屆時，你不要以攀比之心，說人有我沒有，然後埋怨你的父母。如果你覺得自己事業不如別人，你窮人富，那麼你便要靠著你本身的本事，去爭取你想擁有的，去達成你想得到的成就。

　　你父母即使貧窮、平庸，沒有受過什麼教育，他們卻在你青少年時，送了一份大禮給你。這份大禮使你一生受用，它教曉你逆境求生，怎樣過最樸素基本的生活，和對最微不足道的資源和物質都存有那份珍惜的心。

這份大禮使你的心靈強悍，叫你凡事遇強愈強，它在你的內心鑿下了深刻的鋤痕，居住在貧民區那漫長的日子裡，你能參透世情，明辨是非，正直做人。

　　你將這大禮物拆開，你不明白這份禮物帶給你的含意。

　　因為你現在尚是初生之犢，你的思想不夠成熟，你需要十年、二十年，甚至一輩子的內心沈澱，方能明白這份大禮帶給你的意義。

　　也許到了你四五十歲的時候，你的努力，你的成就，已有相當的落實，你回想過去少年時所受過的貧苦，你的心反而感到絲絲甜意。

　　你想：「若果我從來沒有窮過，我根本不會自發地去奮鬥。如果我未曾受過苦，也許這麼多年來，我會輕視並錯過了一些微不足道，卻足以使我成功的眾多機會。」

　　清明節，你在父親墳前流下眼淚來，並吩咐兒女為爺爺上香。拜祭過後，你一家人在父親墳前分享祭祀過的肥雞和燒肉。

　　你讓幼子吃那最大塊的雞腿，你見他吃得開心，你便開心。

　　你忽發奇想，你想起這份父母送給你的大禮：「原來我的家庭、我的事業、我的一切，皆由父母送給我的大禮所賜，我應該將這份大禮叫做什麼好呢？它該叫做少年窮！」

《學習的對象》

試問做人有何難？

在這個富裕的社會裡，若你對生活要求不高，只求三餐溫飽，有瓦遮頭，你應要付出的苦勞，該不會超出你能力之所及，工作即使是苦了些，到了黃昏下班之時，我坐上公車回家，也還能沿途欣賞一下夜間繁華都市的街景。

我將手機放進褲袋裡，下了車，家就在不遠處，我靜觀人生百態，自得其樂。

晚上妻兒一堂，在斗室裡邊吃晚飯，喝罐冰凍啤酒，一家談天說地，其樂融融，直到深夜來臨之時，我通常會小酌紅酒，定能一覺睡

至天亮。

人生本來就是如此簡單，我從來不會小看每日生活的重複不變，其實它是一種對我人生的日積月累的操練，憑這簡單而重複的操練，無形中，我增強了自身謀生和處理逆境的能力。

漸漸地，我成了所屬行業的專家，我鞏固了家庭的凝聚力，妻兒視我為一家之主，在他們心目中，我是個無可比擬的超級英雄。

但最近我接近了一些不好的朋友，他們的一身裝束，飾戴用度，皆相當富貴，幾次到會所的花費，已耗盡了我一個月的薪資。

他們以財富和學識將我比了下去，我開始對自己的成就感到懷疑，甚至感到自卑，自慚形穢。

我怨自己出身不好，父母生我下來的時候，連紙尿褲都買不起。到了高中畢業，我本來有條件考進大學，卻因為要幫補家計，被迫輟學，而我現在做的工作，並不是什麼專業，容易被人取代，我事業上所處的位置，確實比基層高一點，但是比我更高級的人還多得很，怪只怪我自幼家貧讀書少。

無論是崗位上、薪資上，到了我這個地步，達至這個年紀，恐怕難有寸進，我這一輩子的成就，單憑我對這班青年才俊朋友的觀察，要和他們比較，恐怕是貽笑大方。

　　這晚，我回到家裡，看到尚在讀中學的兒子在玩手機，一怒之下，我將他的手機搶走，用盡力氣將它摔到地上至粉碎。

　　妻子以身體將兒子攔住，避免我打他，我對兒子大罵：「你不好好讀書，將來便要步我後塵，仰人鼻息，替人挽鞋！」

　　妻子對我說：「自從你和那些有錢人交往之後，就鬱鬱寡歡，自怨自艾，但你知道嗎，你對工作的敬業，對家人外人的謙恭有禮，對家庭的盡責和愛護，我和兒子都心領神會，你在我們心目中從來都是最好的爸爸。」

　　妻子說完，便抱著我哭了，兒子不發一言，走到廚房拿了帚子和鏟子，將一地的手機碎掃乾淨。

　　接著，我們如常吃飯，我為了剛才罕有的脾氣安撫我的妻兒，到了睡覺的時候，我獨自醒來，走到窗前點起根煙抽著。

　　我想：我都五十歲人了，自問一輩子恭謹做人，謹守崗位，鮮有做過對不起人的事情。而我這班新相識的朋友，其實待我亦不錯，但他們的出現，使我改變了對人生的看法，他們該是我的學習對象，還是我根本不配做他們的朋友，這種不對等的友誼，只是我一廂情願？🐾

《忘記了去愛》

談情說愛，愈早愈好，即使你的愛情就如影畫戲一樣，會時不時換下畫，更新一下，你總算趁著年輕痛過愛過。

就是因為你的愛情經驗豐富，你才會曉得去選擇一個終身伴侶，去共偕連理，假如你年紀都不輕了，才走去學習戀愛，你未嘗得到愛情帶給你的濃情蜜意，已然被愛情二字害得心膽俱裂。

因為愛情好歹也是種學問，是一種異性之間和諧相處的深奧課題，你曾經在書院裡學過

的知識，你在職場上的工作經驗，並不會為你的愛情增加多少幸福感，假如你真的沒有愛過，這些無關痛癢的經驗，若套用在男女關係上，你不是個愛盲，便是過於目標為本，你反而離愛情更遠了。

作為一個女性，你越了解男性，越曉得和男性相處，你的戀愛會更甜蜜溫馨，你的婚姻會更臻圓滿。

你若太過老成持重，精打細算又斤斤計較，你便會失去女人的性感美，你的靈魂缺乏浪漫的因子，同時亦撩不起他對你的興趣。

即使你們苟且結合，你們的婚姻久而久之只會是同床異夢，各自為政。

別誤會，這裡並不是主張性別歧視，或強調女性是弱性別，男女關係，其實毋須追求根本不存在的平等。最理想的男女配對，是他們各自能發揮其性別上的優勢和美德，然後能互補不足，取長棄短。

既然你已選擇了他，就不要因相處的時間久了，彼此能照顧好自己，而忘記了去愛對方。因為愛若長埋心底，它便缺乏滋潤和氣息。

愛，就要說愛，愛要說出來，情話能喚醒奄奄一息的愛情，對於一個未曾戀愛過的你，你要爭取一個如意郎君，憑藉的，就只有愛。🐾

《只有弱者才會有失戀的感覺！》

兩顆完全敞開的心胸，容易讓愛意從中間流動。彼此之間的分隔雖只是毫釐，二人卻怕有所閃失，情願放棄獨立自主的優越，執意以一道無形的枷鎖將兩心栓在一起。

愛斷送了自由，當兩人決定相親相愛之前，先要有靈魂重返肉身以至被愛人緊束索縛的心理準備。

兩心的結合前先經歷磨合，愛本身並不是一種因衝動導致的情緒反應，當兩情相悅的一刻，無形的契約遂生，你們自當要肩負共同使命，假如磨而不合的話，是但一方亟欲打退堂

鼓，要從淺愛中完全脫離，這個人便等同於見難取易，不欲為愛犧牲，臨陣而退縮的愛的逃兵。

你對她的愛從來堅定不移，當她絕情地拂袖而去，原來構結成一體並向外擴大的心靈便從此被撕裂，你所感受到那聲畫俱備的緩慢劇痛自然避無可避。

愛情永遠屬於二人的愛情，她的離開有辱使命，你的痛苦曠日費時。

我說：「這世上有誰沒談過戀愛？因愛而驟失的失戀痛感從未曾經歷過的人少之又少！你的痛苦轉眼便成過去，相信我，這痛會是短暫的，迎來的將會是更美滿的愛情。」

我見他因失戀而表現得像隻死狗一樣一蹶不振，心裡忽然有種鄙視他的感覺，於是我續說：「多情卻被無情惱，天涯何處無芳草？」

我說完正欲離去，他追著我問：「你真是那麼瀟灑的嗎？你一生人沒談過戀愛，失戀的滋味你未嘗過？」

我是個吝嗇感情的人，愛、失戀這些情感上的詞彙，當中的意義我是憑空想像去領略得來。也許我這輩子真的未曾遇過我的真愛吧。

我説：「難聽點説，我認為只有弱者才會有失戀的感覺！」

我將還在燃燒中的香煙扔在地上，然後像隻活僵屍一樣緩緩步離。🐾

《挫折》

　　為了響應校長的呼籲，多做綠化社區的工作，還在讀初小的時候，我便在這馬路旁的泥土上，挖了個洞，放下樹苗，日日抱著期盼的心情，望這幼苗茁壯成長，有日能成為一棵參天大樹，為路人護蔭擋雨。

　　這條馬路是連結我家和學校最便捷的通道。

　　每當我上學下課，經過路上那幼苗栽種之處，我都會焦急地跑去仔細觀察，看看樹苗的生長情況。

　　都一兩個月了，它還是如此小的一棵，究竟要等到何時，它才會長成大樹？

　　我一手摸著樹苗，一手從書包中拿出了幾隻生雞蛋，將它們打碎，然後一點一點地將蛋漿倒在苗根露出土壤之處。而剩餘的蛋殼，我會捏碎它們，再撒在泥土上。我用這個方法每天為樹苗施肥，買雞蛋的錢，從不靠父母資助，全是我省吃零食省回來的。

　　三年後，我已上了高小，親手栽種的樹苗已長得比自己高，我在樹幹的底部，放了個木牌，上面寫著我的名字「璟璟」和栽種的日期。

　　「快了，我的樹快要長成枝葉繁茂、根莖粗壯的大樹了！」

　　於是，我加緊施肥，每天將十隻裝的生雞蛋，從書包中取出，一如以往，將蛋黃蛋白漿和蛋殼混在一起，均勻地潑在樹根的泥土上。

　　就這樣，小樹在我的悉心照料下，長成了大樹，它有十米高，枝葉相當茂盛，在太陽猛烈照耀下，能覆蓋出足足二十米的庇蔭來。

我從來沒有對人宣告，這樹是我一手栽種的，但每當我看見街坊鄰里在樹下乘涼，便感沾沾自喜，更努力地省錢去買更多雞蛋，為大樹施肥。

到了差不多小學畢業，學校舉辦了個夏令營，一連十天，我和全級二百位同學，要進駐野外，紮營露宿，體驗貼近大自然的遠足生活。

這十天的野外活動，節目安排緊湊，我和同學們都玩得盡興，但唯一令我牽掛的，是我親手栽種的那棵大樹。我渴望這次郊遊儘快結束，便可以回去抱一下我的大樹了。

當夏令營結束了，學校安排了幾部大巴，分批將我們送回學校，活動正式解散，我趕快沿著歸家的馬路，跑去看我的大樹。

離開我視為寶貝的大樹約五十米的距離，我明明看準了它卻又懷疑自己看錯，我看見大樹伸出空中的兩根樹幹，竟被人鋸走了，我焦急地向前急跑，果然兩根最粗壯的臂幹，已躺在路旁，還被一些塑膠帶圍封了。

我禁不住大哭，我看到大樹旁的兩個路政署工人，他們正準備將電鋸和梯子收好。

「為什麼要鋸我的樹啊？它是我親手栽種的，在這裡居住的人都很愛它的啊！」我對著他們大叫大嚷。

「小朋友，這棵樹太大了，伸出馬路的臂幹剛好攔住了雙層巴士行駛，我們便要鋸走它。」

這時，恰好有個老太婆走過。

她說：「這幾年來，我一直見到你用鮮雞蛋為這樹施肥，你這樣溺愛它，它自然生長得快，然後不知不覺間變得霸道了。

「樹霸道了，便攔路，人霸道了，便攔人。不管是樹是人，要是霸道的，挫折便自然隨之而來。」🐾

《再可》

　　從前我學過多少，努力過多少，得過多少貴人的扶助，作過多少正確的決定，才足使我可穩站現在的位置。雖然我鮮會回顧前塵，心裡卻一直非常清楚，這一路以來，路途相當遙遠，當中經歷了許多曲折離奇。

　　更離奇的是，到了這個年頭，我就像打一人高爾夫球一樣，面前是最後一個洞，那洞離球似遠非遠，只要我可憑一桿入洞，便可以低於標準桿數，成為人生的終極贏家。

　　我有充分的時間細察，考量球和洞中間的距離，我亦要以準繩的角度，感受當下風速的

阻力，俯視小球將要通過的那狹窄的草地球道和拿捏好最適合的揮棒力度，最終果斷地將球擊出，好使這小小的白球，慢溜入洞。

當我俯視草地表面的時候，駭然發現球與洞之間的草地，並非完全水平，它是一幅約呈三十度角的斜面，而球與洞之間大概相隔二十碼。

角度、力度、球技、風阻和微斜的曲地，這些變數要結合起來，使小白球一次過地擊進洞裡，對我來說，是毫無把握。我覺得就算這些變數能被充分掌握，球要成功入洞，恐怕尚需莫大的運氣。

我陷入一個前所未見的困境，這困境只我一人獨自面對。若我此刻能一桿入洞，我的成功將是史無前例，同時亦代表我個人幾十年的努力和付出得到一個圓滿的終局。可是這無法再簡單的一擊，使我焦慮得怦然心跳，我無奈地握著桿，看著地上的小白球，又瞄一下二十碼外的球洞，深深嘆了一口氣。

我想，這情況並不常見，二十碼的距離對一個高手來說，其實比吃生菜還容易。但憑我的經驗，單憑一桿實在難以入洞，除非是兩桿，甚至要三桿，我才可順利

完成這一個人的壯舉。

　　我身旁一直陪伴我打球的球僮，他一生人見盡無數高球高手，他忍不住對我說：「先生，別怪我多口。這情況若可一桿成功入洞的話，運氣實是大於一切，我覺得世上最頂尖的高手，至少要打兩桿才可入洞。」

《蘭州拉麵》

愛，應該是微熱的，但當你說你愛我時，我反而感覺一浸清涼。

冬至剛過，大寒又至，今天是一年裡最寒冷的一天。我在你家裡作客的第一天，甫放下重重的背囊，廳中茶几上沒有半杯熱茶，明明暖氣機置放於廳角裡，你卻沒有為我打開。

你預備的餸菜，是隔了夜然後翻熱的，那種餿臭的氣味，令我作嘔。

我每日情願走到兩公里外的蘭州拉麵店，吃兩碗牛肉拉麵。店主是個維吾爾族穆斯林，

他對我態度的殷切，經過幾天的幫襯，比起認識了二十年的你們，諷刺地成了對比。

我們本來是一家人，自從和你們女兒離婚之後，在你們眼裡，我變得陌生，和你們的關係，已似有還無。

今年我路經此地，特意為你們帶上了一些賀年禮物，但你們對我態度之冷漠，反映出你們的貪婪。

你們是嫌不夠多嗎？

豬年諸事多，其實我應該低調。無事到人家裡作客，明顯是自討苦吃。

沖涼洗刷，在如此寒冷的室溫中，是要熱水和烤爐的，這幾天以來我就連沖個熱水涼都不敢，洗個暖手，用多了水電，我可免則免。

我每日三頓以六元人民幣的蘭州拉麵解決，我死慳死抵，除了繼續行程的旅費以外，剩了一千元，準備離去之時，當作這幾日在你家借宿消耗的抵償。

到了最後一日，我換好禦寒衣物，拾了行裝，脫了拖鞋，換了自己的一雙皮鞋，你們一家皮笑肉不笑，送我出大門口。

我從口袋裡取出那一千元的賀歲錢，遞了給我的前岳父，他見毛頭紅鈔一疊，即時笑了，又為我遞上香煙。

　　我鄙視你們一家人，我以半秒的時間確定我沒有漏帶任何東西，然後順利離開這個冷得像停屍間的地方。我到了大街上，攔了部專賣人豬仔的出租車到那比維多利亞公園更小的縣級機場，準備上車之時，我回一回頭，向你家的陽台方向，豎起中指，從不往地上吐口水的我，「喀吐」一聲，向你們的小區閘門地上吐了啖口水。

　　然後說：「只有鬼才住這種鬼地方！你們這幾天如何待我，我一輩子必不會忘記！」🐾

《不愛便不自由》

我們的相遇，既然只是偶然，這相遇於你於我的意義，便註定不會相同。

因為這次遇上，並無前設，我們沒有為將來的關係，奠定堅實的基礎。

你是個容易動情的人，相識僅一日，你便說愛上了我。

你對我的愛，充滿著憧憬，你挽著我的手時，我雖並無甩開，但當你進一步牢牢地擁抱著我時，我雙手自然地垂了下來。

你有種一加一等於二的必然想法，就是要是你愛我，我便必會愛你。夜裡我們挽著手走過長長的海濱，你陶醉著頃刻的浪漫，然後為著我們遠遠的將來作了許多遐想。

　　我當然感覺到你的熱情了，至於愛不愛你，我自問還未清楚。

　　你過往經歷過許多感情上的失利，你渴望再愛，你自然為了這次機會，小心經營，好好鋪排，你說你決意要轟轟烈烈地和我愛一場。

　　我並無欺騙你的意思，我們有過的肉體關係，是你嚮往的。而我？我視彼此的性關係，可有可無，確曾有過的，也許是我為了報答你的好而作的。

　　我們的感情發展得勉強，而你的貪性，漸漸地使我反感起來。

　　你對感情之事，異常敏感，你覺得我表現冷淡了，欲疏遠你了。有過幾次爽約，你便感覺極度不滿，你對我說：「我是如此地愛你，難道你不去珍惜嗎？」

　　我回答：「我知道你對我好，其實我也曾努力過，但若從你和自由之間選擇，我情願要回自由，好嗎？」

抒
抑

　你懇求我說：「好，你要空間，你要自由，我都可遷就，你不要和我分手，好不好？」

　我說：「不好了，我要的自由，是一種沒有我不愛的男朋友的自由，你明白嗎？」

《抒抑》

　　你的人生經驗漸豐，性格自然地由從前的年少輕狂，而變成現在的內斂低調，冒險的事，你三思而行。

　　當別人將什麼看成機會之時，你能洞悉先機，你看到前面他看不到的坎，當他衝過去時，你即時喝止他，他不聽不聞，果然踩了進去，當堂仆得個焦頭爛額。

　　你身上實有太多事例，足以證明你絕非等閒之輩。經年累月的沈澱，於你的內心是個巨大的典藏，你深知自己的價值，有如祭壇上的瑚璉般矜貴。

但時至今日，什麼滄桑你都飽歷過了，你會苦笑一下，然後問問自己：「即使我貴若瑚璉，那又如何？」

　　明顯地，你並沒有將內心積存的價值，付諸行動，將它們一一實現出來。

　　你的抑鬱，將內心的價值擠壓至最深處。

　　你遇事會不自覺地變得過分忍讓，而長期的失意，歪曲了你本身正統的價值觀。

　　但你開始孤芳自賞，覺得自己與整個外在世界，中間無疑是一道厚實的隔壁。

　　你一直承受著的壓力之大，只有你自己知道，你對痛苦忍耐之能，是能人所不能。

　　你曾經有過死念，你想解脫天才桎梏之痛苦。

　　你亦曾有過衝動，去做一些驚天動地的魯莽之事。

　　你煙不離手，從來滴酒不沾的你，現在要借酒澆愁。

　　其實你一直所感到的委屈，是一種自虐，你要將抑壓情感的惡習，反過來以慢速釋放出來。

　　解抑即抒。

　　你要學會將內心的話，以言談，以文字藝術，通過
優雅知性的方式和態度，向外抒發出來。

　　當你寫一篇文章，價值便從內心以串串的文字表達
出來。

　　你畫一幅畫，畫像上的色彩，準確地呈現出你的心
境。

　　你找個朋友聊天，他因為你的一句話，思想得到啟
迪，價值觀有所改變，心靈微妙地與你心相接。

　　如此種種，你長久被抑壓之心，便有了抒發的對象，
你的心不再密閉，它從你抒抑的行為當刻起，自此開了。

對異性、對情人、對妻子愛與不愛,不依靠男人嘴巴説出的一句「我愛你」作任何粉飾。

人藉舌頭肌肉的改變去説話和品味,舌頭是人體中一個不帶骨頭、非常隨意的器官。

舌頭輕易地隨心所為,它不受良心操控,當有人對你説出什麼話來,你設法要驗證其真偽,卻永遠無法從人言本身辨別和拆解。

只因為舌頭是罪之根,萬惡之源頭,人言可畏,人言亦不足為信。

言要成為鑿井般的真實,它必須結合行

為。聽其言而觀其行，言行一致，才是現實中真實的寫照。

他說他愛你，一直愛著他的你對如此動聽的愛情表白自然非常重視並照單全收。女士們就男朋友片言隻語的說法只會陶醉其中，而少以觀其行作結合驗證。

「我愛你」三個字要說出來並不涉及任何成本。行為比言語其實更為可靠重要。

當男朋友的行為吻合對你愛的表白，你會看見他因為愛你而作出的忍耐、包容、保護、溫柔和當中最重要的犧牲。

犧牲行為從來不會為對自己毫不重要、全無價值的人而貿然作出。犧牲必定是一種寶貴犧牲，男朋友為你犧牲自己的時間、心力，甚至於他力之所及的一切，犧牲本身與你在他心目中的重要性絕對成正比。

你為他的犧牲籠統地說是一去不復存在的青春歲月，情感專注，以至你絕對不會輕易被異性佔有的身體。

男人要是真的愛你，在他真實的愛裡，你自會感覺到你對他來說是如何的重要，你的尊嚴感會大為提升。

在他的身邊，你比在任何時候、任何環境中都更恰如其分地以溫柔婉約的女性身份自傲自處。

他的存在使你忘記了世間上一切的煩人和滋擾，隨時隨地，你在力有不逮、心情變得莫名複雜的時候得著關懷和扶持。

你甚至因為男朋友男伴侶的剛強，甘願成為他身旁的依人小鳥，以他為本身的驕傲，憑藉你對他為人處事的洞悉和觀察，作為女性的你，那種踏實的感覺和無比的安全感，足以教你為這完美的結合隨時隨地犧牲自己，付出你的所有。🐦

《雲與海之間》

　　成敗錯對跟錢走，錢多錢少毫無疑問是用來衡量每一個人的常用標準。

　　有財自有勢，雖說權是金錢最根本的源頭，可是當權力要被完全落實至執行，錢越多便越好越見效果，有錢確實使得鬼推磨。

　　所謂人微言輕，窮人說話越大聲，話語因身份卑微便越見錯誤欠準。一個銅板擲到地上，發出來那叮叮噹噹的響聲無論是如何的隱約，足使大街上的行人刮目相看，金錢的微音足以蓋過世上任何肺腑之言。

錢使人口服心不服，口和心不和，錢一出現，人與人之間的是非便生，人為錢走在一起，是一種暫時性的勾連。勾結既然只是為了個錢字，人世間的和諧關係自然是生於錢財，卒止於酒囊飯袋。

　　錢收買到的人心是死的，當金主的錢少了，人被養肥了，營結授受的誘因從有變無，一眾獼猴散得比樹倒還要快。

　　錢能遮醜，錢能蔽體，一雙香港腳當被意大利皮鞋包裹著，無論它們如何惡臭，奢華的視覺竟可蒙蔽人類敏銳的嗅覺，鞋一天被穿上，腳臭一天不會見怪於人。

　　我從不會趨炎附勢，衡量別人好壞親疏和他們有多少錢毫無關係。我漸漸發覺致富致貧的原因很多，富人窮人所具備的性格特徵以至其他條件，來來去去卻可被寥寥可數的對立因素涵蓋起來。

　　富之虛如繚繞浮雲，貧之實卻是根深柢固。脫貧成小康是躍起復墜，小康成小富成大富，富者對強大力量的抵抗能力絕非人力輕易可達，亦難以說成一種他們獨有的天賦和幸運……

貧窮其實相當理所當然，貧與脫貧之間的界線模糊，情況就像齋啡和加了微糖的黑咖啡一模一樣，淡而無味。

人從一個平民百姓忽然成了大富，背後必定經上天精挑細選，刻意使他們的財富懸起至稍微離地至無重狀態，當金錢輕如鴻毛，它的持續增長將變得無可制約，富升貧越降的情況漸見激化和懸殊。

富人並不偉大，財富絕對是浮雲朵朵。

浮雲便是浮雲，浮雲浮多久，永遠止於富人的一生元壽。世上誰人想貧窮，誰不想成為大富大貴？

不求富貴同時不以貧窮為恥，不以貧為恥還不夠，還要樂天知命，對生命抱有希望，這樣的人當今之世少之又少。人應該認為貧困生活從來只是暫時、是過渡，它絕對可被扭轉過來。

富命中包含著許多吊詭之處，富為天授予人之福祿，可是錢財當被過分壟斷，上天必站在貧民的一邊，傾聽他們的控訴，然後以富者為敵。

當你的生活陷於膠著，你見人富我貧，你往往誤以為時不我予，你的一生就是一敗塗地。容我再次向你解

釋一下：雲與海由穹蒼隔絕，卻是一脈相承。海的恆久存在必是雲形成的主要條件，浮雲總是過眼雲煙；反而海的面積巨大，佔地表七成，水容量汪涵，佔地球總水量的九成六。

雲海一天一地的處置乃上天的旨意，雲代表著富者，海如平民百姓多得無可估量⋯⋯

雲的存在是功能性的、折衝性的和暫表性的，反而海是自天地被創造分隔之時，本質上儼然存在的。

富貴於我如浮雲，它飄到海洋無法涉及的陸地發揮滋潤和灌溉的重要作用，離地在空中飄了一會，浮雲自然煙銷雲散，試問你對富貴之虛幻又何羨之有？ ✖

《我笑他們看不穿》

人會鬱便會躁，躁鬱代表情緒起伏跌宕當中的兩極狀態，它們形影相隨，以輪替方式出現於人生中不同的情景和遭遇之中。

這世上無人可倖免，都要活於那苦樂不均的人生，苦是陰雨綿綿，樂自天高氣爽，當人明白到雨過天便晴，一切亂象生於秩序，無雨無晴，亂中有序，世事縱然無常卻總會否極泰來。

世事越見無常，人便更要以積極樂觀的心態看待，樂觀是一種從學習中獲得的人生哲學，它以柔克剛，能使人化險為夷，破解桎梏。

躁鬱是一種情緒病，普通人的情緒以中庸為歸宿，抑鬱過度，會谷底翻身，高漲狂喜，人累極會回歸平靜，假如這種自我調節能力失效，躁鬱情緒趨於極端並重複交替發生，溫和而具自律性的情緒反應只能短暫維持，犯病者遂失去了與現實相接連互動的能力，世事中的無常對他們來說，極大程度和他們本身恆處無常極有關聯。

深鬱的時候，我大可終日藏匿，找個地方去消弭無意義的時間。可是當我躁症發作，失控的言行和態度，對我本身的學業和事業，以至所有和我一直保持著親疏關係的人，絕對是摧毀性的。

當我躁狂起來，思念會非常澎湃，智商飆破，野心勃勃，對別人極具侵略性。

平常人只能有限度運用本身那激化了的，內含數以億計的腦細胞的大腦腦幹，我偏偏因為腦部過度活躍，變成長期思考活躍，可不眠不休。

躁症使我變得難以相處，難以接近。與人平視說話，和諧相處，亦難以見得稱心如意。

這些年來，受過我氣的，被我痛斥過的人數之不盡。我知道我力大無窮，智比超人，其實這一切特點並不尋

常，躁症發作時要表達的意思和囂張的態度從來不成比例。

我曾經為了本身接二連三的狂躁行為感覺懊悔，可是這樣的惡劣情況長期以來重複並間斷發生，我不得不承認我患上了精神疾病，這病叫做躁狂症。

我對本身因躁症發作而生的所作所為並不是沒有悔意，而是後悔對我來說，也許已不存在任何意義。因為我無法從對自身反省之所得，可為將來的我，為人為己，然後作出任何撥亂反正的承諾。

每次當我情緒變得高漲，失控了自會口舌招尤，魯莽行事，任意使用語言暴力，以寡敵眾對他人進行欺凌、虐待和侵略……

不闖大禍自然不知延醫診治，事前毫無先見之明，往往能事後孔明，卻只代表自己畢竟後知後覺，大錯已告鑄成，例必無法挽回。

就算將來我雙親不復於人世，世上再無人因著我的躁莽而願意和我走一起，我被迫眾叛親離、孤獨終老，屆時我也許依然故我，絕對不會埋怨或者責怪自己半句……

我不是不知道錯，錯誤卻只因那不可抗力的精神疾患一手造成。

　　外表傲慢、深邃、剛愎自用，如可目空一切般惹人討厭，其實我內心知性非常、胸襟廣闊、博愛博學，不聞不問亦能洞悉一切⋯⋯

　　唐伯虎淡薄名利，他曾說：「別人笑我太瘋癲，我笑他人看不穿！」

　　我便只是個天煞孤星、寡宿孤辰，黃泉路上獨來獨往，試問知我者世上又有幾人？🐾

《織女》

中毒要解毒，古人常說必要時以毒攻毒。

女人們一輩子習慣了心煩，心煩的主要原因是不解。煩心當以繁瑣的事情去駕馭，煩惱方可抒抑排解，道理與以毒攻毒、以毒驅毒如出一轍。

當繁瑣如用七色紗線編織一樣，織得多了自然熟能生巧。譬如說織女要編織一件針織物，它可以是一頂帽子、一塊墊布、一條護頸保暖的頸巾，甚至是在針織中開外套上縫上拉鏈等等，煩惱隨著繁瑣冗長的編織過程被納入一系列重複而規律的勾針動作，愁緒奇妙地從

織針導向那愈織愈大的編織物之中，無常轉化成結構工整的常態，一件實用品，最後煩惱被織針一筆勾銷。

這樣以繁制煩的抒抑方法，說實在是一舉兩得，其樂無窮。

壓抑將必得以抒解，尤其是當織女勾至最後收口的一針時，那種滿足感非編織高手可憑空想像。呈現於眼前的編織品既可供觀賞，同時亦甚具實用價值。它獨一無二，乃織女窮心血時間，曠日勞苦換取得來的藝術品或耐用品。

編織的動作相當機械，織女巧妙地使枯燥而單調的執針技巧替無限長的紗線扣結，織造品無非由無數個緊結勾併出來。

千萬個結形狀和性質完全一樣，結緊扣在另一個結上，是一維空間發展為二維，織女繼續努力，二維平面竟被編織成完全符合現實的三維實體。

編織在英語上屬貶義詞，它叫做「weaving」或者「fabricate」，喻義憑空捏造、臆造。

以編織方式去推敲出並不存在的事實，反映出女人世界中從虛擬臆斷出疑幻疑真的現實。扣結的動作重重複複且輕而易舉，取材豐富不假思索，當編織物確確實實地存在，一時之間編臆成為無懈可擊，故事引人入勝，有目共睹且不容置疑。

　　有人獨具慧眼，洞察力驚人，當聽見女人們編臆力強習慣以虛為實，為遏止因以訛傳訛、到處播謠而傷及無辜者，一手執起那確實存在於三維空間中的織造物，並找出那收結鬆動之處，將千萬個結逐一解開。

　　慧眼獨具的解結者花了兩個小時將織造物還原成二維的線狀物，再將長達二千米的毛線捆成如一個足球般大的毛球，毛球雖大，狹義上只屬一維之原點。

　　解結者嘆謂：「織織復織織，編織活動為女性們獨愛，編織可成癮成狂，要解結將臆造還回原點，其實解結比編織艱鉅萬倍！」🐾

《言荒》

為避免詬病而去掩飾真相，欲達到預設目的刻意去扭曲作直，說謊造謠無可置疑成為效益強、成本若無，只憑口舌之勞的極佳手段。

謊言和謠言純粹就是捏造堆砌，字裡行間無半點真實，卻能輕易取信於人，當中最主要的原因是言者智聽者愚，說謊造謠者藉虛言攻之不備，智愚中間的差距遂變得懸殊，謊謠之虛當游走在聽者遼闊無垠的想像空間之中，自會肆意去拓展，無限地擴大。

究其信謊聽謠的人，同樣是向來不願面對現實的人。

偏聽甜言恨惡真相，廣大聽眾日常生活總離不開幻想，當謊謠傳進一眾耳朵裡，再被納入於心，虛言之虛瞬間和嚮往虛幻的心靈一拍即合。更大的虛假謊謠由說者聽者合力炮製而成，聽眾反客為主，並為虛空加插煙火，同時又注入本身的無比創意。

謊謠為大眾造成的誤導，藉著不求甚解，以訛傳訛的方式得以發揚光大，從此真才是真正的假，假就如一部可被人任意複製、篡改、編輯的速食經文，說者聽者能從中獲益，獲得無窮樂趣，真實再無任何利用價值，虛假才真正是萬眾厚利之所牽繫，假對絕大部分人來說，萬萬不可被識穿或破解，因為弄虛作假驟變為生存的基本原則，謊言謠言之寶貴必被世人永久捍衛，其必要性對大眾來說稱得上是生死攸關。

虛言是謊是謠，它們必先按照所要達到的目的，和聽眾可能提出的各式質疑，事先作出充分考量和估算，最後以結構完整、情理兼備的講辭，結合一本正經、煞有介事的偽君子態度向一眾欺騙對象娓娓道來。

虛言當吻合眾心之虛妄，謊謠本身即使有多荒唐無稽，說者聽者自會不謀而合，負負得正，虛則實之，謊言成真，完全是個自然而生的過程。

　　謊謠不一定能止於智者，因為擅長說謊的人通常非常聰明。可是當虛言遇上敢於面對現實、一心尋求真相的人，言之虛將無以為繼，說謊造謠者對於不愛妄思幻想的實在人，從原來言之鑿鑿，變得支吾其詞，欲言又止，終成言荒。🌀

《高知灼見襲來，唯以聲聲呵欠作攔截》

　　好奇不等於好學，只因為學海無涯，求學者要經歷的探知過程窮盡一輩子的時間亦不見終點。好奇心是耳目之慾，對不諳之事感覺好奇的人，從來不求高深，亦不求甚解，長期徘徊在學術領域的門外，企圖作些淺索探秘。

　　當有人感覺好奇，他內心自感迫切，渴求有識之士如騷癢一樣為他帶來即時快感。博學如你，當然成為他垂詢追問的對象了。如你就他想知道的，以認真態度看待，便等同於用鮑參翅肚等上等食材去款待那個一輩子只吃土豆蕃薯、蒜頭辣椒炒動物內臟的鄉下佬。

你深入淺出，用知識和道理解答一個鄉下佬的發問，當你說到第二三句，他會以嘴巴代替耳朵，用打呵欠的侮辱方式作回應。

博學多聞的你當處於這個速成世代，自然設法避免受辱的痛苦，亦絕不希望任由骯髒的爛拖鞋，去踐踏腳上一雙光漆皮鞋⋯⋯

要達到如斯宏願，你必須先弄清事實：社會上千萬之眾，不論男女老幼，當中沒有一人不比你上智而高明，他們一個二個學貫中西，天文地理無不知曉。

現代人創意澎湃，思考敏捷能舉一反三，假如你認為他們僅屬泛泛之輩，你便是大錯特錯。你有這樣的想法，便愧為博學天才，你必須虛心承認，長久以來你是眾人皆醉我獨醒，真實情況是那些一直被你視為孤陋寡聞的大眾，他們畢竟只是懷才不遇，虎落平陽被犬欺，才華洋溢卻滯運，天驕一眾何堪埋沒一時。

毫無疑問，你經驗豐富，學問淵博，腹中詩書全是畢生之勤苦修為。可是你有否發現，即使你遇事一針見血，見解獨到，自信本身的識見足以凌駕於任何膠著，可是每當你發言的時候，中途被人打斷窒塞的情況屢見不鮮，

有時候説得有理反而遭人冷待和蔑視。

　　無論立論如何正確，永可瞄準問題的核心一語道破，不明所以地，你的意見從來不被認同，無論你學問再高亦難獲尊重，時遭無知者排斥唾棄，種種挫折和屈辱，足使你無法自處。

　　其實你並不高明，竟無視周圍人盡皆聰明絕頂的事實，你剛愎自用，知其不可為而為之，你硬要陷自身於高手林立之地，自以為憑藉真知灼見貿然公開發言，你的心血作為看在別人眼中，必然地無異於自暴其短，你越説下去便越被大眾視為以下犯上，不自量力地向比你厲害百倍的人説教訓話。

　　教不好人反而自招損辱，蠢事日日在做，你愚昧至此還膽敢以智者自居？

　　我勸你以後不要草率對人説真相講道理，什麼學問真理，自己心中有數便好了，就憑你的智力和情商，要匹敵滿坑滿谷的天才們，豈不是以螳臂之力攔隆隆滾轆？

　　二千多年前，耶穌經常公開講道，聖心未獲好報，最終不是落得被處死在十字架上的下場。更久以前，屈原出於耿耿忠誠，進諫楚王，他的生命以悲劇結束。到

了三千年後的現在，我們尚未忘記每年值端午吃粽子扒龍舟的紀念活動，追悼屈原這真理的守護者。

如你感覺無人可語，甚至孤獨厭世，我知道你並不是孤芳自賞或什麼妄臆狂，其實你堪稱為俗世中的鳳毛麟角。無論鬧市街頭，廣場狹道，到處人頭湧湧，即使世上民眾千萬億數，當中卻鮮會有如你一樣能一輩子好學不倦、博學多才的真正學者。

學問知識，見解道理，這一切比珍藏異寶更為難得奢侈，其定義於你於世人心中，從來南轅北轍。你所擁有的學問是聚沙成塔，得之非僥倖，可是世上絕大部分人，卻視之為速成之術，知識俯拾皆是，學問這東西，是可作交易之商品，花幾個臭銅錢自然袋袋平安，你又何必苦苦癡纏，過分認真？

《山盟海誓之前豈可不作中途放棄的準備？》

離家外出例必將大門關上，可是門就算牢牢地關上了，鎖門這動作和關門從不分割，人人日日在做，永遠不會忘記。

就算普通人家，家中從來沒有收藏著半樣值錢的東西可被賊人盜取，於是鎖上大門這不經大腦的行為習慣，著實並無涉任何理性上的考慮，當大門鎖與不鎖和理智扯不上關係，其原始卻真實的動機必定埋藏在人的潛意識之內。

人必視家宅為本身的領地，如大國有個寸草不生的荒島作為海外屬地，荒島的實際和戰

略價值甚微，戰艦戰機卻還會定期在周邊游役盤旋，發揮著防衛和對敵人示警的作用。

潛意識將人對家宅受侵佔的不安感覺不符現實地放大，就算是一個被空置的住宅，人同樣會將其大門緊鎖。潛意識驅使下，不經思考的行為指在抒解內心的恐懼和不安感覺。

古時的男女婚嫁，當中有著和戀愛情感毫無關係的實際需要和考慮。當兩族人通婚，婚姻自動發揮出締結兩個原來各自為政的族群的效用，如是者一對男女結婚，必因著婚姻關係而肩負起團結並擴大族群的重大使命。

這種情況在現代社會難再發生，婚姻關係曾為集體主義的產物，到現在演變成一種個人的取捨和選擇。婚姻大程度上是男女兩人之間的私事，成家立室再非必然，嫁娶之事首要考慮的，是一對男女的想法和意願。

想深一層，婚姻繁文縟節多且成本高，包袱沈重，責任亦大，對嚮往自由自在生活的現代人來說，多多少少構成了對個人自由的削弱和矮化。有云婚姻對男女間親密關係來說是一種保障，一紙婚書同樣被許多人理解為薄弱甚至兒戲。

從前男女婚姻必定是一生一世，離婚這種想法是離經叛道，招人恥笑唾棄。假如一段男女關係可比擬為一個居室，法律婚姻便是替這關係套上重門深鎖，關係是領地，它似乎可以被婚姻的契約牢牢地栓鎖。

　　現代人的婚姻關係，即使是一把可以將一對男女緊扣在一起的板鎖，可是這把鎖本身，並不堅固耐用，它的製造技術落後亦不見精密，導致經常鬆脫失靈，明明鎖得穩穩的，轉個頭卻輕而易舉地被解開。

　　門鎖不緊，要打開它難度不高，這種不尋常的情況，箇中原因，和那鎖存在著任何功能上或質量上的問題並沒有必然的因果關係，反而是男女雙方對固守關係的決心會循時間有所改變，從堅定而退回鬆散的結合。

　　栓鎖，無論是一個工具，或一個行為動作，包含著兩種極端而對立的意義。當人將寶庫栓鎖起來，鎖是個使人心安理得的偉大發明。可是當一段關係被鎖在重門之內，鎖本身不僅毫無意義，它還成為失去自由的人設法毀滅的東西。

　　當一段婚姻關係中不存在任何偉大的使命，同時外界對大量婚姻失敗的事例亦已司空見慣，背負沈重責任

的代價可取可捨，無持續堅守的根據，三姑六婆間的人言讒譽又是如此地微不足道⋯⋯

男或女在山盟海誓之前，隱藏在各自的潛意識中，是半信半疑、患得患失，彼此矛盾地樂見那本應堅固、亦可永久發揮固守領地作用的門鎖，在必要之時必須可被輕易解拆，隨意打開。

婚姻對男女二人來說早被證實為帶有無常的含義。對絕大部分人來說，婚姻順理成章，婚情理上就算不可不結，當被付諸實行，他們各自的潛意識裡，豈可沒有中途放棄的準備？ ⚑

《貌合神離》

男女若是真心相愛，他們的愛情必定固若金湯，一生一世在一起，而永不分離。

因為真心的確可以換來真心，兩顆心在毫無障礙之下，愛意無限量滋長而且來去流動。愛成為他們唯一而共同的理想和幸福的泉源。

彼此心靈從獨立分治，遂連結在一起，完美的愛情從此唯有藉著合二為一的心靈被催生、建構和持續不斷地擴大。

結合了的心靈，內裡不應含有私慾和雜念，它的意蘊必須要通透明淨，因為當心靈帶有雜質，隨著愛情不斷增生而變得強大，內裡

的雜質亦會同步增加和滋長。這時候無論愛情發展至怎樣的規模,它同時被那些難以制約,亦不該存在的私心、雜念和瑕疵蛀咬和蠶食。

真心不可矛盾地包含著半點私心,愛若埋藏著私心,愛便從外向轉為只愛自己的內向。亦公亦私的愛,使純潔的愛情惡化成為一種利害和得失的衡量,一種利他和利己的盤算。

愛情當被利慾刀刮,它漸漸失去原來可張弛的活性和彈性,當愛變得僵硬麻木,兩顆心的結合便不再牢固,男女從起初的貌合神離,倦得連戲也不欲演下去,合二為一的假象,從此名存實亡,終發展成為分裂分治的失敗局面。

《長情》

　　徘徊在愛與不愛之間，你內心感覺矛盾，但在這矛盾的壁縫中，你即使看不見光明，卻心甘情願地委著身子，擠了進去，因為矛盾的不明確，反給予你多一些時間，去逃避當前那艱難的抉擇，讓你理性地思考一些問題。

　　其實當你由衷地愛，情感上你已別無選擇，愛，似乎是唯一解決一切煩惱的出路，而當你說你選擇不愛的時候，你並不是真的不愛，你只是害怕一直愛下去，你會無法自拔，你要承受內心被撕裂的痛楚。

你更害怕的是，愛會使你的心表波濤起伏，長久地不能平靜。

你無法將愛視作成本，去設想你將要收取連本帶利的回報。因為他若使你愛得深，愛得確切，你所認為的成本，已在你毫無察覺時被他沒收。你的愛，成了一個被動的投資，你再不擁有任何資本，你的賺蝕盈虧，已不由你的理性作主導。

如你採取主動，不顧一切地為愛狂攻，也許你會換來一段轟烈的愛情，你唯一要考慮的，是激情漸漸消弭之時，那份愛，經歷了極大的消耗，究竟還能維持多久。

如你怕風險，你情願忍受著單戀之無力和孤苦，你望得有日你對他的愛意，隨時間漸漸褪色，徹底地擺脫內心的意亂情迷。這想法是否真能實現，要取決於在你未來的人生當中，是否會此長彼消地遇上一個比起他來說，更教你醉心傾倒的人。

當那幻想出來的人將永不出現，而那個你一直愛上的人又漸漸被你淡卻，你便以為你從此能重獲自由、無掛無慮，但上天只需配給你們一個巧合、一個偶然，他

有日又被你碰上了，你對他的愛不由自主地重複重燃，
你將會明白，在你的世界裡，他便是唯一，他無可取替，
而你對他的愛，由始至終，從來沒有變過。🐦

《你們吃喝我們來買單》

正確必被困於更大的錯誤之中。

眾生因為傲慢無知，不知是真無知還是假天真，就連犯了大錯也毫無悔意，故我依然，繼續慣性犯錯。

錯誤若不小，可使人窮一生的時間，返回錯誤之原點去重新開墾荒土，修闢並修直通往崇正人生之大道。

因為錯誤並不只是一個礙眼的腳印甚至烙印，人的錯誤卻會落地生根，具生命力的繁枝會無節制地向外蔓延。

不被修正的錯誤越生越大，卻弔詭地隱身存在，它會結合並歪曲看似無關痛癢的日常事，作為一種對你間接的隱性懲罰。

　　當你發覺別人不如以往一樣去相信你，你一向順遂平安過日子，忽然轉變得障礙重重，壞消息接二連三，意外不受控之事頻頻發生……

　　每早刷牙洗臉，晚上在浴室鏡前梳理一下，你會發覺鏡中的你沒有半分親和善良，眼神詭譎，毛髮暗啞，笑起來皮笑肉不笑，並帶有一種難以辨識的曖昧，你甚至可以用「我不是個好人」來形容自己。

　　錯誤既成事實，無論你是有心或無意，背後的動機在犯錯時是明是暗，有時就連你自己也無法去釐清。

　　假如你自問相當天真無知，錯在你的事實卻是有證有據，只要你悔改並甘願承受重頭來過的痛苦和恥辱，錯誤將在你內心從反面自動地轉為正面。

　　立心不良、明知故犯的人，錯誤對他們來說是一種罪惡。

　　錯誤本身和犯錯犯罪的動機永遠互相呼應，對稱對

等。僥倖繞過懲治之徒，一輩子到老將會碰上數不清的改過自新的機會。

　　能自省改過的人若要重返正道，他每踏前一步，罪責便被赦免一分，在通過遙遠的正道大門之前，他就像生活在一個沒在牢籠的露天監獄一樣，每分每秒都是清苦，赤著身子一窮二白。

　　捱得過悔改修正之苦路，正道大門之背後將會是光明新天一片。

　　知錯犯錯的人通常都是知識分子、能力卓越的人，罪與罰按照他們的癡想，從來是遙不可及，自然地亦是視而不見。中道改過自新的機會縱有千百，他們往往予之輕視，繼續活於舒適圈當中。

　　對於死不認錯死不悔改的人，他們做錯犯罪就如吃喝如常，吃大了便施施然離開，由一眾受害者代為買單。

　　他們暫時活於安逸，可知道欠人就算只是一分半毫，也會分毫不差地被記錄下來。犯錯犯罪等同欠人一生的債，人妄想可輕易賴皮走數！

《他知源於自知》

你了解自己有多少，和你能了解別人多少，中間存在著個等號。如你對本身才一知半解，試問你又能憑藉什麼去了解別人？

唯有知己才能知彼，知己是達至知彼的先決要務，這能耐構成了對別人充分了解的唯一根據。

如你花了三個小時去跑畢一段崎嶇的路程，當中曾經歷過的種種逆境，那些辛酸知痛苦，足教你深刻體會。困難和逆境，早晚會過去，它遺留下來的寶貴經驗，是你對自身能力的重新評估和肯定，你意外地發現自己潛藏著

的韌力和耐力，對於尚待改進之處，無疑有了更深刻的了解。

你越是向難度挑戰，從前認為不可能之事，如今變得不外如是，困難於你不僅生出解難的智慧，它更可鍛鍊出你面對逆境時所需要的堅強意志和勇氣。

在困難中，你學會了將消極氣餒的心態摒絕，痛苦和折磨無阻你達成目標的決心，你漸漸變得強大，內心的堅毅和剛強足以凌駕任何難料的處境。

每遇一個困難，就像水來土掩一樣被你克服，每每事過境遷的時候，你對自身有了更嶄新和深刻的了解。到了一個階段，存在於你心靈的模糊之處，間接地被你有過的不凡經歷全然勾畫出來。

你憑著不斷更新的自知，放眼四方，你會發現四周所見，原以為人人本似是獨特而殊不相同，竟存在著許多共通之處。

你再不用刻意著力去了解別人，因為他們的識見，行為和想法，完全吻合了你豐富的個人經驗。它們曾為你見識過、實行過和考慮過。所以即使你的一生，確實遇過許多不同的人，你大可輕易地一眼看出，一聽耳順，

他們是怎樣的人，是好人是壞人，是可靠的或是無常的人。

知己知彼，百戰不殆。

你要是閱歷豐富，見多識廣，博覽群書，若要將你的經驗和學問化為知彼的能力，而唯一的秘訣，是先要通過困難和挑戰，使自知探索的程度，變得完全而且深廣。

《燙手山芋》

　　要選擇的話，便要選個最好的、最優秀的，
尤其是那人極可能成為你的終身伴侶。

　　你不用理會別人告訴你什麼才叫最好、最
優秀，因為在你心裡，最好的選擇早已呼之欲
出，它從不含糊。

　　如你可從多個選項中選擇其一，或那人是
當前可供你考慮的唯一選項，你最終接受他的
追求與否，純粹是個為你一人可作的決定。

　　要選便要選個最好的，即使最好的選擇是
價值連城，亦難以親近，也許你需要更多時間
和努力去和他達至磨合，但他的好，足以使你

感受到你一直為他所付出的一切，以至包容和忍耐，完全發自心甘情願，既無悔亦值得。

最好最優秀的人，通常亦是最難相處的。

因為人要是好要是優秀，性格上必然是擇善固執，自律性強，對什麼事情皆抱有極高極嚴謹的要求。如一座雕塑經過大師精雕細琢，方能成為一件不可多得的藝術品。

你選擇了心目中最好的，他自然是隻燙手山芋。許多時候，他會使你感覺卑微，他的強大，他的鑽之彌深，使你偶爾想在他面前逞強的時候，相反地變成以卵擊石。

在你心中，好的選擇總要比你強大而高明，你從來不會接受一個能力上比自己遜色的人，矛盾地當他完全符合了你認為好的標準，你卻總感到患得患失，這關係無法為你輕易駕馭。於是你那豐富的想像力，永遠只會聚焦於患失而非既得的喜悅。

為了證明這段關係的牢固和他對你的忠誠，你為他製造出許多障礙，設下了許多謎團。你欲借助一些無中生有的考驗，觀察他努力去將它們一一克服的情景，作為「他愛你」的最佳印證。

久而久之，他對這種溝通方式感覺厭倦，他對你的愛，從那些因不信任和不理解的反覆測試當中慢慢地流失。

　　你無法理解他的冷漠，你以不忠誠的假設作推諉，從前你認為最好的選擇，忽然變成了一個你深感懊悔的錯配。

　　這不好的經驗使你內心推理出了一個畸想歪念：選擇不須是最好，唯有退而求其次，一段感情反而來得長久。

《虛構出來的新路》

未來是一部早被寫成的歷史，它以眼前的無常作掩飾，妨礙了你對它原來不難獲得的預知。

所以當你越接近未來之時，因你和它的距離驟近而使未來變得清晰可見，一切無常的障礙物會被逐一排除，未來快將轉化成現實的一刹，它最終毫無保留地呈現於你的眼前，容讓你去親身經驗。

這意味著，若你要洞悉遙遠的未來，較即將發生的一切未知，無疑是天與地比。你對遠近之事的預測，其準確程度之落差實在無法相提並論。

可是近事往往應驗了你的預期，這預期分毫不差，它按著未來遺留下來的蛛絲馬跡作為實據，這些近跡，幾乎近得讓你伸手可及，你無謂再去自詡高明，自命為未卜先知。

可是，太過長遠之事，它離你的焦點太遠，亦尚未遺留充分的證據，作為你長遠規劃的根據。未知若近，它對你的影響當然是立竿見影。可是對於遙遠而不可測的未來，即使你有充分的時間作準備，它的玄妙難測、漫無邊際，足使現在的你戰戰兢兢、患得患失。

遙遠的未來和快將發生的事情，不論遠近，同樣影響著你。未來雖遠，你和它之間的寬闊距離，能容納比近事更多更大的變數，它的不穩定性驅使你不能不以豐富的想像力，去為那遙不可及的將來作些毫無根據的揣測。

你對未來從來不抱樂觀的預測，面對著太多變數，你覺得悲觀心態反可使你處事謹慎，有備無患。以最壞處去設想，到頭來得著的，將要遭遇到的種種，往往比想像中要好得多。

你以自我為世界的中心，憑著對未來極有限的洞察，挾著如探秘一樣的好奇心，為遙遠的將來下了判斷，作

出定義。你從來沒有和別人分享一下你的人生觀和對餘生的見解。可是你對未來的預測卻非常肯定，漸漸地，這肯定的態度演變成一種個人化的固念和迷思。

因著對未知作出過分揣測，你隨後的人生會衍生出固念和迷思，就如你用力向石壁上投球，球的去路被未來和現在之間的障礙物阻擋，它會以相同的力度向你身上回擊過來。

你越是對未知未來抱有悲觀的心態，你將要經歷的未來便好像回彈在身上的球一樣，它狠狠被你的臆測塑造出來。

其實未來於你，從你尚未出生之前，就如一條漫長的道路早為你鋪好，這路要你從頭到尾，走畢全程為止。遙遠的未來從來不容讓人去知去洞悉，因為它是個既定的行程，你要知道它的方法，只有一邊走，一邊去親身經歷。

唯一能改變這道路的曲直、遠近和陡緩，是你在毫無根據之下，因過度的臆測而為這原來的路另闢蹊徑。如是毫無根據的想像改變了行為的方向，你刻意從大路上轉向，硬走出一條被你虛構出來的新路。🐦

《愛如神明》

　　事物的真實存在，要被人客觀地確認，它必具形體形象、重量、質量和潛在的能量，以及在一定的期間內佔據著固定的空間。在常溫和極端的環境之中，它會以氣體、液體或固體的不同形態相對應地存在。

　　也許它異常活躍，可燃可爆性高，它可溶於水或溶於油脂，是尖鈍、軟硬、厚薄、兀突或平滑，甚至於會發出異常獨特的光芒或氣味……

　　我們藉著視覺、聽覺、觸覺、味覺和嗅覺，將事物的種種特性辨識出來，然後將該事物定

義為早被前人分類和命名的物質。

這種識，是一種知識，它是從感知所獲得的各種訊息，整合並轉化成為認知的過程。

假如同一事物從來未經修飾刪減，如我從樹上摘下蘋果，你我對這被摘下來的物種，會一致地認知為蘋果。

完美的認知，最好要兼具能被人的五種感官體驗和辨識，假如被切成小塊，或被布袋包裹，賴以辨識的視覺、嗅覺和觸覺無法將完整的訊息傳至大腦，認知的過程便被扭曲、被蒙蔽，蘋果客觀存在的事實，將會備受質疑。

存在以感官作媒介而後被證實，於是任何事物必定要被看得見、摸得到，方算得上是一種客觀存在，所以感知為知的第一步，從感知到認知，是知的進階。無論感知與認知，知的過程並沒有涉及思考和推理，所以當你我同時說這是一個蘋果，吃它一口說甜，如此的敘述，完全是基於蘋果所發出的訊息，從感知到認知的直接而暢通無阻的傳遞。我們對蘋果的結論相同，亦毫無可爭議之處。

假如有日醒來，你看到桌上的蘋果被切開並整齊劃一地放在一個瓷碟之上，當時家裡的人都外出了，你有

種直覺，是媽媽為你將蘋果切開，待你醒來享用。你見蘋果尚未起銹，媽媽該是離家不久。

蘋果被切開並放在碟上，它非常濕潤亦未起銹，表明媽媽離家不久這些事實，雖然未為你親眼所見，但是你憑著簡單推理將整個過程組織出來。

假如你這想法無誤，事實的存在，從感知到認知，再沈澱於你的心靈。嚴格上來說，媽媽為你切好蘋果這事實，並非為感知和認知作證明，它的存在純粹為心靈所領受並得到印證。

你從碟子上拿了塊蘋果來吃，你內心感受到媽媽無微不至的愛，這份愛的感覺，並不是來自蘋果的色香味，它大大超越你的感知和認知能力，它和知識並無任何關係，它給你的暖意，從媽媽的內心，僅僅通過一塊蘋果，便與你心相連。

事實如母親對孩子的愛，它不是具形的事物，卻通過數不盡的方式向人傳播。而人不可從感知去獲得對愛的認知。愛發自內心，亦只能以心靈去領受。

愛無重量亦無質量，它無形、無色無味，亦不能被觸摸。如當天早上，不止你一人在吃媽媽準備好的蘋果，

你的哥哥亦拿了一塊來吃，你從吃蘋果感受媽媽的愛，
而你哥哥卻顯得麻木，即使媽媽毫無疑問地愛著你們兩
兄弟，從來無分彼此，母愛的確切存在，如神明一樣，
選擇性地顯現於你心，卻在哥哥的心旁落。🕊

《煩惱必以行動作釐清》

現況遠遜預期，你難免滿腔怨懟，及至它播諸未來，情況將會出現怎麼樣的變化，猜想只會無常如雲貴蜀中的氣候，時晴時雨，明暗不定。人非神明，單看種種跡象，卻大有可能自詡未卜先知。

你當下的心情就如赤子，將那唯一的上衣脫了下來洗滌，然後晾在窗前。衣物總會乾透，但適逢初春氣濕，若要乾爽至可供穿著，恐怕那尚待的時候，絕對不會短。

煩惱是當人自覺能理順一切環境，以為按照原來的計劃，事情將如願以償時，可是變化

快速而莫測，曾經腹中有著解決問題的金科玉律，如今遇上變化，頓感手足無措。

煩惱總生于人智無法凌駕於問題之時。煩惱糾結於心靈之中，深殖於腦髓之內。

它的本質永遠只是人遇上變化，身處逆境中內心無中生有，不覺催生出妄想，妄想營造出一種不可控的虛擬環境，然後煩惱便挾著憂慮而生。

煩惱是平靜心靈的顛簸狀態，它污染了人理性思考的潔淨環境，亦如稗子生在禾稻的隙縫之中，它將你積極的正念所需的營養攤薄。

既然煩惱並非外敵，它便是內鬼。

要遏止煩惱的滋長，你所要針對和處理的，從來不會被懸掛在外。當洗滌過的上衣被晾在窗前，理論上你為了它回復乾爽的目的，儼然做了正確的事。你為了它不能透乾於一時，而感覺煩惱，說明了煩惱本身，與客觀事實並無關係。你為小事而煩惱，無疑是你焦慮的心情，蠶食了你客觀認知的能力，你原來具備解難的智慧，如今智慧和你卻有了短暫的分隔。

人永遠不要以為若你置煩惱於不理，它自會消失於時日。其實每個煩惱都具備生命力，只要它一日不獲釐清，它會變高變大。就算當前的煩惱真的可不了了之，全新而未為你所意料的煩惱，必定會繼之而生。

假如煩惱源於人智無駕於問題，而你感覺智慧這回事，畢竟是經一事，長一智，全憑經驗累積而非一蹴而就。

而你正處於煩惱之中，對當前的問題感覺無力駕馭，同時你明知逃避於一時，它依舊存在並逐漸擴大，於是你的煩惱又滲入了多一份迫切感。

你唯一可做的，是從坐困愁城而決心坐言起行。

當空想出來的煩惱，以實際行動去介入，真實便注入了虛妄，煩惱中不切實際的事情，無法與因應解決問題的一切行為相結合，從前縈繞不休的煩惱，從此會變得單純且確切，它對你來說，再不可構成任何煩惱了。🎔

《良知的分水嶺》

　　動機是人任何言行的誘因和前設，亦即是說，人無論說什麼，做什麼，背後必定有其動機和原因。

　　觀者甚至可以循著一個人的言行所導致的結果，和他說話時的措辭音調，以及行為上所運用的手段連結起來，然後為他言行的原始動機作出準確的判斷。

　　可是，單憑結果作唯一的根據去追本溯源，去查究一個人的言行的根本動機，許多時候會引來誤判。

結果是一個不容置疑的事實，假如一個人言行的動機相當單純而直接，你能從他的動機所引申出來的結果看出成一條極短的直線，那麼這人作為一事實的始作俑者，其動機便赤裸可見。

　　重九上山掃墓，善男信女焚燒香燭冥鏹，離開之時，並未將燃燒之物完全撲熄，結果冥鏹死灰復燃，導致山林大火。男女本來沒有放火燒山的動機，他們在拜祭先人之時，生火的目的完全是焚燒祭品，所以若人單看山林大火的結果，並將之連結到男女在山上生火為他們惡意縱火的行為，他們可以向你展示大量證據，辯清他們生火的原意，遂山林大火可能只是一種因疏忽而造成的意外，而絕非蓄意而為。

　　人心存的動機通過言語和行動作手段，貫注於現實，而成為一個事實或結果。可是若你要客觀地證明一個人的動機，毫無疑問地吻合你所觀察到的結果，而判定一事為某人的作為，似是順藤摸瓜般容易，其實不然。

　　尤其是當什麼事情並不光彩，也許亦不道德，它可大可小，能負面地影響到一些人，那麼作事者在行事之前，必會儘量將他的不良動機隱藏起來。

你遇上類似事情，面對著那個你認為是唯一的嫌疑人，欲言又止，也許你嘗試過質問他，迫他去承認他可能做過的醜事。你看著事情的結果，事實如雨下，而你的良知是個對與錯的分水嶺，往往經過簡單的分析，該事情如雨水般全部流向於分水嶺那壞和錯的一旁。

結果為動機而生，不良的結果生於惡劣的動機，你便是以這事本質上的壞，以直線逆流而上，去指證那被你懷疑的人的動機。

能將是非曲直合理化的人，他心中的良知像是個能蓄水的山谷，一事無論是好是壞，對他來說只作利弊解，他處事以權宜折衷作考慮，良知的分水嶺在他的內心並不存在。

即使你要指責的人，確實就是做過那醜事的人，你站在道德高地，義正辭嚴地指責他。他不僅對你的教誨毫不動容，更會告訴你所說的一切是不合時宜的，因為他一直認為人不為己，天誅地滅，做強盜做賊也是一種本事。

若你掉了一支筆在地上，你俯身拾起它這個行為，本質上是基於將失去的取回來的單純動機而作。

當人的動機不是俯身拾筆如此簡單，動機可以是處心積慮、機關計算，如人預料到他的行為將會對別人造成影響，動機不僅包含著人原始慾念和貪念，從無到有，落後於人的不甘追求，對寂寞伶仃之苦的突破，還有為實現更好的自己的自發自強，但它同樣必先通過良知的分水嶺。

　　有些人的良知，其分水嶺尖刻分明，其處事的動機會先以良知作根據。有些人做事缺乏良知作引導，動機完全以自利作考慮，這樣的人從動機的始發，到一言一行，直至結果的形成，心中只有如何逃避刑法，從來不涉及良知的考量。❤

《可遇不可求》

愛情若是求得來的，它定是來之不易。

因為愛要發生，事前必須經歷一番醞釀。這個醞釀過程，事前追求一方必先耗費時間和心力，他成功與否，完全取決於被追求的另一方，有沒有就他的努力和誠意，深受感動。

追求在男歡女愛中，是個不可或缺的先決條件，但愛情的玄妙之處，是它能否成功地被締結出來，主動權往往掌握於被動的一方。

原因是追求從動機至行為，本質上是一個邀請，追求者就像在地上畫了一個圈，試圖說

服那心儀的對象，從圈外走進圈內，成為他在這小天地裡的一個長久的伴侶。

由此可見，被動的一方站在圈外，往往比較清醒，她在接受追求之前，心裡自然泛起許多尚待印證的現實問題。

她也許會考慮到對方的性情和脾氣，他是不是一個容易相處的人，又或她嫌棄追求者所畫的圈子太小，比不上她現在的生活環境。同時許多現實問題，如對方的職業和收入，他在事業上更進一步的可能性，或將來共同的生活條件，是否有提升的空間等。

追求者因一時對對方傾慕，對那女孩子求之殷切，他自然地會視自己為一個賣古玉的人，當看見那唯一潛在的買家，難免會以硬銷的手段，不惜賤價待沽。

被動者自然佔盡上風，因為買與不買，權力盡在掌握之中。在她心裡，她購買的決定所基於的因素，往往難以捉摸。有時候她並不在乎所需的代價，或者那塊古玉的質素有多好，她亦可能不會太在意追求者擁有多少，只是追求者往往以為女性市儈心重，刻意在她面前強調本身的財富和權力。

在愛情中，求需要勇氣，求得來所需要的是運氣。愛是一種感覺，一種教人怦然心動的攝人魅力。對女孩子來説，或許是男人的一份成熟穩重、親切溫暖的感覺。

所以求之難，極大程度上，是男人的特質能否吻合女人內心那種説不出來的期望。在愛情中，百分之百的女性對本身最愛的男性類型既清楚又挑剔。

也許你已相當不錯，對於那女孩子的無動於衷，你總感覺疑惑，然而世上所有女性，皆是不愛便不愛，即使那人有多好。除非她自問條件不好，年紀又不輕，擇偶條件過分苛刻，便是緣木求魚，自累自欺。

追求是會失敗的，理論上屢戰亦會屢敗。

其實愛情亦叫做姻緣，姻緣本身並非求得來的。

無論你叫它做愛情，或是姻緣，它可遇不可求。其實遇比求符合愛情的本質，因為世上一切愛情之發生，永遠在於男女之間初相遇的那份好感，和對對方的好奇。愛侶關係，省了追求，全靠彼此吸引而開展持續發展的關係。

兩個完全陌生又互生情愫的人，他們的愛是一種對

對方內在的探索，一種心靈的互換和交流。在他們眼裡，對方總是最好的，他們那份愛亦最真摯和單純，因為通過巧合的相遇而相愛，是一種自然的吻合。這種愛，有異於追求和被追求的關係，亦除卻了如買賣一樣的條件篩選和現實的考量。◆

《願益近，事益遠》

當你心發一願，那願終成現實的可能，你一時之間還不置可否。因為稱得上是個願的，它相當稚嫩，尚沒有足夠的條件馬上成真。

然而當這願被首發之同時，你內心多少會有所憑藉，認為它的終被實現，並非完全沒有可能。

如是你的立願，必挾著一些非現實的幻想，去作為推動這願被實現所需要的燃料，而當願與幻想結合，它向前發展所呈現出之趨勢，是輕微凌空，它拖曳著貼在地面的尾巴，去勉強地符合實際既已存在之根據。

你所立的願，從地面上的一點出發，而那願望中將要實現之事，卻在另一個點同步啟航。

願和事沿著幾乎平衡的軌跡向前發展，而遲遲未能相遇。但你的願望若要成真，它們必須要在發展中的某一個階段互相吻合，使得最終能交叉重疊。

你立願的動機，無非是要得償所願，而絕對不是事與願違，為了願望不會落空，你必要先控制一下你的過度幻想。

如果幻想是構成你的宏願的一個主要部分，那麼它便是導致你的立願凌空，脫離現實的主因。過度的幻想，無疑使你嚴重地偏離了現實的軌跡，願與事便因幻想的脫軌而分道揚鑣，變成越走越遠。

如是，願與事各走極端，而無法相遇和重疊結合。願繼續凌空，而事依舊貼地而行。

還有是你的願，必須要有足夠長的壽命，在那未知之遠處，與那事接合。你要保持為這願所投入的努力，從不懈怠、持續不斷，因為願與事所循之軌跡，越傾向於平衡，而它們終要遇上並重疊之處，會處於更遙遠之處。

願益近，事益遠。

　　若你立願時所抱的心態，是期望事情能立竿見影，一蹴而就，你便是為你所立的願減壽，你的願便永止於離地凌空之初階，它可能永不可與那遙遠之事有任何接合和實現之機會。

《潑墨》

對人抱有懷疑的態度，從來沒有狹義和局部，你就像拿著一個載滿墨水的鐵桶子，向那個被你懷疑的人，從頭到腳，潑至全黑。

當你見他全身被潑至漆黑，未被你污染的部分，可能只有一雙眼睛和兩排牙齒，這時，你又不忍心他變成了這個模樣，你反而希望他向你解釋，說個清楚明白。

當你對他的解釋感到滿意時，你便用滲過清水的毛巾先將他的臉部拭淨，然後他繼續為自己辯護解畫，直至你的疑心逐漸消解，你便

同一時間，按照所感受到的清晰程度，進一步抹走他身上的墨水。

懷疑和完全釋懷，雖然是兩種相當極端的態度，但兩種態度中間，鮮見緩衝地帶，你不是對他徹底地懷疑，便是對他完全信任。

先疑後信的態度，相等於那桶墨水被你執緊在手中，你就像掌握了對人置信和懷疑的主導權，隨時向疑人潑墨。

當你欲看到被你懷疑的人的真面目時，你可能一心只想滿足因對他缺乏了解而生的好奇心，或是你真有要事要向他付予重託。可是每當他看見你手執著一桶滿滿的墨水，心裡便早有準備，他自發地打開雨傘遮擋。

他既不願意被潑得滿身墨水，同時亦缺乏興趣和耐性，對你的質詢多作解釋。

因為從起初的懷疑，發展至一種對某人實質性的指控，所經歷的過程，必然是艱難、漫長，甚至於徒勞無功。懷疑之生，極可能僅僅基於一種你對他人的初步觀感，一種對不熟悉的人先入為主的反感和防備心態。

　　可是指控必須有根有據，偏偏懷疑之心往往充滿偏見，疑本身多屬無根無據。

　　疑要獲釋，是件難事，疑並不一定是對他人採取完全否定的態度，可是懷疑的心，它教人感折騰之處，是將人心置於半信半疑的懸垂狀態。

　　當什麼人被你質疑，他出於自然的本能反應，必然是即時的逃避和否認。所以你為了釋疑而作的每個質詢，以至一切努力，等同於向疑人潑墨，墨一潑出，人盡皆躲避，所以先對人懷疑和質疑，然後奢望從別人的解說中獲得釋懷，畢竟是緣木求魚，亦可能永遠得不到答案。

　　如果你對待別人的態度，是先信後疑，你對別人的信任，無形中鼓勵了他對你誠實，打開胸襟，以坦蕩蕩的心對你。

　　就算無人真的雪白透淨，你總要時刻抱著別人是可信的假設，當你看到他穿著乾淨潔白而來，你便要自覺地歡迎他。

　　你從信任別人開始，經歷了一段時日，如他有著不可信的地方，或人性上帶著污點，甚至種種足以使你決

定撤回對他的信任的誘因，將會自然在他本來看似潔白無瑕的底色上，以對比鮮明的黑色確鑿地浮現出來。

所以信與不信，關鍵不在於疑，以人人皆為可信作前設，過了一段日子，你的信必以事實和真相作印證。🐝

《正解藉盼望而生》

憑心去看，叫做望。

望固然是靠眼睛向前觀看遠看，但望總帶著心態，人望向遠景，看出來的景象恆常被當時的心情左右。

望這個簡單舉措，性質被動，它充分反映出人和外界的一事一物之間，永遠存在著一道隔閡。有時候，鑒於前景之不明朗，你自問什麼都做不到，只能主觀地以觀望的態度，靜察外在客觀事物的演進和變化，然後再作打算。

因為你深明若你貿然妄動，縱使有所得著，與之同時將損失多少，以及要付出的代價，

恐怕無法為你所料。

換言之，往往當你對未來之事尚感束手無策，你毋以自身的行為與外界作任何連結，作任何干預，或以任何手段使自身和外事有效地結合起來。

其實你足智多謀，滿肚密圈。你早有準備，亦無畏無懼，隨時隨地為目標伺機出擊。但當考慮到時不我予，你唯有靜觀其變，蓄勢待發。

長期的觀望扼殺了你勇往直前的決心和志氣，你從觀望的態度，轉化成為對一切好事到臨的一種否定，你對未來失去信心，觀望之心遂發展成對未知的仰望和奢望心態。

你就像一個俠士將寶劍收回劍鞘之中，寶劍對於你來說，自此成為腰間的一個裝飾品，它沈重不便於携帶，甚至使你感到負累。

仰望是對不可得之事物的仰之彌高，奢望更是對擁有美好事物徹底否認的悲觀心態。

你從起初熱切地期望，至挾著冷卻了的心去維持長時期的觀望，及至後來因自卑自菲的心態，催生出對凡事的仰望和奢望。

此刻的你，對於伸手不可觸及的一切事物斷然採取放棄的態度。你不僅對將來不抱任何希望，你甚至認為希望必然等於失望。

可知對沒把握的事，你極其量只可抱有懷疑和不置可否的態度。雖說你信心匱乏，亦曾量力而為，就未知之事情所尚存之變數，你決不能完全否定，絕望地視它為終究不可被實現。

當你從期望轉為觀望的態度，隨著心態上漸漸變質為奢望、失望，甚至絕望之時，你總要及時說服自己，讓盼望之心切入，藉著改變你的心態，為你對前景作出徹底的改觀。

盼望之心促使你看到烏雲密佈之間的曙光，憑這正面的心態去重新觀看事物，你將會排除內心對一些不明朗因素的誤解，從而找出自身與外在環境相融結合的契機。

盼望並不真是一種憑眼睛觀察的行為，它是就未知之遠景，以正面的心態作觀察和判斷。唯有藉著盼望，一切未知或自以為不可實現之事，方可獲得正面的解讀。

《幸福完全是一種感覺》

你覺得現在的你過得不幸福，這種不幸的感覺該是從比較得知。

如果你真的幸福過，你對幸福的概念便不會陌生，因為當你回想過去，你確曾經歷過幸福，你確實快樂過。

你的人生經驗隨著時間而累積，所學到的知識和學問亦與日俱增，可是你發覺這些增進雖然寶貴，卻未曾為你帶來多少幸福感。反觀年輕時，你對世情尚是無知，那時候的你較易滿足，亦樂於接受新的挑戰，你的冒險精神反而使你的生活過得充實。

因為當時的你沒有得到很多，而每每你在成功路上得到寸進，初嘗成功的滋味，你自然地感覺沐浴於幸福的圓滿。

現在的你，無疑是在延續年輕時代所建立的一切，你在個人事業、家庭關係、財政狀況等的各個生活環節，甚至於致力一門新的興趣和學問中，恍惚從不斷攀升而達到一個高懸的平台，這處於高位的水平線一直向前伸延，長久地缺乏再向上升的動力。

你對突破悶局所需的勇氣和力量，皆感消極，你情願保持既有之所得而不欲輕易冒進，但這長久的守勢在沒有新的增長之下會漸漸萎縮，你原來站在高台，從此走向下坡。

這條從攀升而達至高台的生命線，一直使你自覺人生滿有幸福感，因為當人處於奮鬥向上的階段，他會忘記生活中一切的憾事，對所經歷的痛楚亦會變得麻木。反而當人離開了高台而復向下坡走，正是人生轉捩點之所在。

人在此時，心態上自然會變得保守，並儘量減慢生命線向下滑的速度，但那種落後於大潮流和時不我與的感覺，無可避免不時地湧上心頭。事業恐再無上升的可能，

兒女亦已長大，關係亦不復從前的親密，賺錢能力亦難以和年輕時相提並論，你唯有緊縮開支，而要發展一樣新的興趣，實行起來才知道並不是想像中那樣容易。

人到中年，人生各環節似乎漸漸不受掌控，甚至於生理上亦出現了許多變化。面對著的轉變，有人稱之為中年危機，當人身處危機之中，幸福感自會變得蕩然無存。

原來幸福完全是一種感覺，它並非必然地和人的成就以至其他因素掛鉤。幸福感從來不假外求，它源於人內心一種長久的平靜與和諧。要達到這個境界，人必先自覺自身一切正在發生的變化，無論是好是壞，皆已盡力而為，欣然接受，亦沒有什麼可致使遺憾之感。

即使這和諧的心境容易因外在環境的轉變而受到破壞，年屆中限的人歷練已深，他們可以藉著內心的沈澱，全然吸收心湖上無數漣漪所泛起的能量。

《恆溫》

　　水於常溫中長期維持液態，它的流動呈現出波曲的線條，遇阻便會自我塑形，循阻礙物的周圍繞道流走，這說明了水的本質柔弱婉蓄，靈活多變。

　　當外界環境的溫度下降，水會以凝結的方式去抵禦寒冷，避免冷風入侵其原來鬆散的液態結構。即使溫度持續急劇下降，結成固態冰的水只會變得越來越硬，它非常倔強和內向，再大的寒風，亦難以將它扭曲變形。

　　相反地若果外界溫度急升，水的常態便受到破壞，水中的粒子吸收了熱能而變得沸騰，

凝聚能力將毀於一旦，水成霧成煙，向上隨機擴散，它變得難以捉摸。

女人的心是水，但其實女人並不善變。

她們天性忠貞，堅守原則。當你認為女人心如海底針，她們既無常亦善變，那麼你對女人的見解便是大錯特錯。

其實女人渴望過著穩定的生活，這樣的心願相當卑微，卻諷刺地難以輕易獲得。只有長期安穩，女人如細水的特質才可充分被發揮出來，她們的美德方能長久地保持。

水因循著環境的變而變，女人亦如是。

既然忠貞的特質為女人獨有，當她愛上一個男人，她的生活，以至整個思想靈魂，便容易被男人支配。

男人對女人的愛，他的言行，遂構成如水般的女人一種外在的環境因素。如果女人得到男人的愛護，她的內心會被軟化，女人就如水存在於溫暖的環境當中，可永保溫柔。

假如男人對女人的需要表現出漠視和冷對，她的心

會從外向轉至斂藏。

男人的突然變臉，使女人的內心急劇冷卻而變得剛硬頑固，她漸漸失去女性原有的溫婉，從過往對普遍人抱有信心和同情心，頃刻間會變得絕望和絕情。

水對於外在環境，尤其是溫度，極端敏感。

水被盛載於器皿中然後加熱，不消多久，它會霧化成蒸氣。如果你們的愛尚處於熱戀階段，女人原來平伏的內心自然地受高溫燃燒，她的思想靈魂將趨於幻想、猜疑和陰晴不定。她們不必然地因為男人的愛，而自然地感覺舒適安穩，往往內心會泛起一種對這段感情的不安和不確定性，務必要從男人對本身的態度以至各種行為中，持續地獲得肯定和印證。

只要你不變，她對你的心亦不會變。

男人對女人的愛，若表現在行為上，從聆聽、陪伴、照顧和忍耐，能持之以恆，女人的心就像保存在恆溫的大環境中，如水般長處於液體狀態，她們原有的溫柔婉約本質，才能充分地發揮出來。

《勾結》

　　巧取不成，自然心有不甘，唯有豪奪，方為強而有力之策，獲得心頭好。

　　但考慮到對方絕非泛泛之輩，若單憑自身實力盲目去搶去攻，恐怕是成事不足，敗事有餘。

　　我唯有利誘一幫如我一樣的惡賊敗類，營私結黨，意圖增強威懾力，務必以銳不可擋的聲勢，先將對手嚇窒，到時可能連武力都省掉，對方自會乖乖將寶物交出。

　　我們以利作勾結，黑幫團伙瞬即形成，以最卑劣的手段，劍指對手的陣營。

　　原來對手並非獨自一人，他一聲號令，百方呼應。他們為悍衞無辜者的利益，出於正義之心，仗義施助，形成了一股強大的力量，與我們抗衡。

　　他們以德聚友，識英雄重英雄，面對我們的威懾，萬眾一心，團結起來，共同抵禦我們的進擊。

　　團結繫之以德，勾結以利作憑藉，這次對決，無疑是德與利之交戰。

　　他們看出勾結的本質，為一短暫而鬆散的結合，我們這團伙本無互信，人人各懷鬼胎。當豪奪得來的利益被瓜分，團伙自然失去了它苟結下去之根據。

　　反觀他們的團結，是基於一種共同的信仰，這信仰深植人心，形成出一種牢不可破的凝聚力。

　　當我們亦步亦趨，準備向他們展示實力之時，他們瞬即將我們包圍，當我們評估一下實力，衡量以寡敵眾的勝算有多少時，黨內出現意見分歧，甚至於短時間內發展成激烈的內訌。

　　當中有不少人見這勾當無利可圖，便自動退出，也有一些人，因為無法就形勢逆轉所帶來不可預計的風險，

重新盤算自身在團伙中所扮演的角色，主動提出重新釐定分贓的比例。

結果賊黨無法達致共識，在未能奪取寶物之前，已然瓦解。他們見我們勢弱，從本來的圍堵，變成後來以吹灰之力，將我們一網繩擒。

信仰所包含的正義價值，使他們團結，而這團結的力量，永遠無法被只是以利作勾結的烏合之眾，輕易擊潰。

我作為豪奪他們寶物的幕後主腦，內心充斥著利益，我無法想像他們的團結背後，純粹以伸張正義作動機，當中竟無任何自身利益的考量。🐾

《成功的定義》

所謂成功，是個非常抽象的概念。尤其是你所成就的是一種並不能以客觀標準量度和評估出來的成果。

若你今天比昨天跑得更快，跳得更高，考試得分更高，切蘿蔔片切得更薄，你的進步能以時計、尺度、客觀評核和目測等得以證實，那麼你的成功即使是如何地微不足道，卻具真憑實據作支持。

有些情況，你自詡成功，別人可能不會認同，成功不獲公認，因為它本身包含著一些能引起別人質疑甚至否定的因素。

你將你努力的成果展示於人前，別人卻不會如你一樣，將這成果狹義地以自身經驗作為評斷的根據。

你即使自覺自身的成就已然無以復加，別人往往以相類似的成果，播諸天下無數能者所達到的最高度，去定義你成功的程度，然後予以否定。

又或者，你的成果本來是毫無疑問，別人總會因為種種原因，視你的成功背後，或多或少因為你得到什麼人的扶持和提攜，而並非完全憑藉本身的真才實學而達到。

更何況是成功本身就像你燒柴生火，你說火光熊熊，證明了你的成就，與此同時，你是犧牲了柴枝的存在，去實現那光和熱的價值。你的成功無可避免犧牲他人的利益，成功犧牲，一生一毀，它們互相抵消，所謂的成功成就，便等同自圓其說。

若你說：「我自感成功，便是成功，我的成功毋須由他人去代我定義。」

你這說法亦相當可圈可點。因為你的成功在任何情況下，必須具備對他人的影響力，而這股影響力能驅使眾人共同去創造出全新的價值。

抒抑

　如這樣的成功，能以價值和實效作為根據的，方能稱得上為毋庸置疑，是能被公認的真正成就。

　你能以任何方式去締造成功，並能對人產生具價值的影響力。否則你所謂的成功，如將金幣長埋泥土裡，這談不上是什麼成功，亦並無任何實際意義。⬩

《一末丹砂》

　　發生在你我身上的一切事情，我們從來被動，喜事臨到，當然欣然接受，十常八九的不如意事，我們從來亦只會逆來順受。

　　有些高明的人，甚至不會以逆境作否逆視之，他們往往曉得順勢而為，面對風風雨雨，自會耐心等待，靜候否極泰來之時。因為古語有云：「福兮禍所伏，禍兮福所倚。」禍福在人生中交替出現，乃所有人命運的自然流向。

　　所以人若高明，他們寵辱不驚，世上沒有任何難為真難，什麼苦為真苦。重要的是，如何得為真得，反而失者永可復得，且較從前之

所得，多出很多。

當人以為他可藉自身之努力，為現實注入能量，並改變現實，就算他真的目睹本身的成功，他可能忽略了他成功的背後，如有一個極大的摩天輪，億萬個卡座不斷隨巨輪繞圈而轉，而當中唯一一個以黃金鑄造的卡座，在千百公里的人龍中，巧合地停在他排首位之時，被他坐上。

命運是一個難以預測的秩序，在人看來，這秩序主宰著人的命運，它極似隨機運行，但當人灰心喪志，陷入絕境之時，往往又人逢絕處，喜得重生。

命運留給人介入並予其改變之處極少，人自詡才華洋溢，步大力雄，他為實現理想付出許多努力，而當他嶄露頭角之時，總會將本身的主觀意志和他所獲得的成就相連結起來。

其實成功的人因所曾做過的經營而後有所成就，無疑像欲以手中一抹丹砂染紅鄱陽湖一樣的不可能。

假如要將鄱陽湖徹底染紅，也許一千公噸磨成粉末的丹砂亦難以足夠。

　　人無論作過什麼，刻苦經營過什麼，它只為構成未來現實的納米因素。人的成就越大，和他個人努力的關係便越小。若有日大如鄱陽湖的內陸湖泊真的被染紅，你聽見有人說是他所成就的壯舉，你必對他報以恥笑。

　　鄱陽湖真的被染紅，是一個現象，而非什麼人為成就。這巨大而無法想像的改變，是天意，純粹是造物者促成。

　　人身處命運之中，便受命運主宰，人並沒有改變命運的能力。但人活於命運，卻無人對自身的命運略知皮毛。

　　然而人必先獲得生命而後受命運所支配，所以人的一生，便是從生活中窺瞥和領悟命運的奧祕。只有知命而不惑者，才能真正擺脫命運給他帶來的枷鎖。

　　人若知命，便不強求，他深明人的努力和經營，只為改變他一生命數之鳳毛麟角，名利富貴如浮雲，非人力所求得。知命者樂意接受命運的安排，即使如此，他並不會緊執手中的丹砂不放，相反地他站在鄱陽湖岸，會毫不猶豫地將丹砂末撒在廣闊湖中。🐦

《花開蝶不採》

　　花若盛開，蝴蝶自來。這句話能為無數失意於愛情的女士們，盡解千愁。

　　這句話極具分量，撼動人心，女人聽見，內心自會從絕望中被拯救出來。這為長處困境中的她們，提供了一個明確而清晰的啟示。

　　可是這句具哲理性的說話，雖帶有勉勵性，而事實上，它只是一句難以貼近現實、穿鑿附會的虛話。

　　以盛開的花作前設，去推論出蝴蝶飛過來採花粉的必然結果，當中必須符合一連串嚴密而環環緊扣的條件。

　　首先花要漂亮，色彩鮮豔，花瓣要儘量打開，花蕊亦要儘量伸延。即使這些條件全然符合了，花本身漂亮與否，並不由花自身去定義。

　　當花朵被栽於原野之上，你即使是朵漂亮而盛開著的花朵，卻免不了要和千萬同樣漂亮的花朵爭妍鬥麗。

　　既然花開蝶來這似是而非的理論，已被普遍智力平庸的女人視為真理，那麼你作為一朵花，就算的確漂亮，也未必能從眾多花朵中脫穎而出，受蝴蝶垂青。

　　既然花朵多不勝數，要勝出競爭的秘門，又無可借鏡之處，花要吸引蝴蝶來採的機會，自然充滿變數。

　　而蝴蝶見花多眼亂，牠採花的取向，難以準確預測，這樣的話，花開蝶採，遂又增加了多一重的變數。

　　花被採或不被採，因花為靜態生物而輪不到花自身來決定。盛開的花朵，為時極為短暫，可能只有數天，它最終不被蝶採的可能性，因它本身有根難移的特性和花朵數目之海量，其實較它終可被蝴蝶採花粉之可能性為大。

　　花對一棵結果的植物來說，並不是個必須有的過程。

　　花在實用層面上，被動物當作食物來吃，較被蝴蝶

蜜蜂吸採的意義更大。

　　有些植物甚至沒有經過開花的過程便能結果，所以花朵本身雖然漂亮，但它較綠葉對一棵植物來說，功能上的價值其實很小。

　　花若盛開，蝴蝶自來，是個悖論。

　　花開和蝶採，並無必然的因果關係，這種情況的發生，如殞石撞地球，看似有跡可尋，其實相當偶然，就如擦肩而過，屬短暫而過渡性。🦋

《智慧無過於常識》

你在生活上有許多事情，需要你先去思量，再作行動。這些事情當然談不上是什麼高深科學了，但要處理得宜，卻是一門一輩子也學不完的學問。

你每遇上一事，即使該事是舊調重彈，但當你想深一層，它的重現往往能給你全新的啟示。當一事過去，新事又發生了，他們重疊在一起，互相交織，隨著時間的發展，結集成複雜難解的人生。

正因如此，你為了生活中千百事而忙碌，當你以為你運籌帷幄，日理萬機，沒有什麼事

情可難得到你，你起碼有一件事，被你嚴重忽略了。

是你忘記了為自己騰出一刻獨處的時間，讓每日發生的事情，沈澱下來，然後像牛羊反芻一樣，將生活中的智慧，從沈澱了的經驗中吸取過來。

處世的智慧，只可憑累積而得，即使你四處問人叩教，當中的竅門和心得，並非可以口耳相傳。若你每日有過自省的一刻，你內心漸漸地發展出一種心得，你霎時間會對人生有所頓悟，從前你不明白的事情，忽然昭然若揭，你會變得更聰明，是非對錯於你，再沒有含糊不清之處。

從前你看到陰霾密佈，風雲變幻，那時候你經驗尚淺，會自亂了陣腳，手足無措。

那時候，你總有種感覺，是世事無常，人心不古，你曾經對人世間的美好有過憧憬，但當你漸漸長大，見人遇事多了，你承認自己是如何地天真，你始嘗現實世界的殘酷。

當你無法看透，無法駕馭現實中的變化時，你對人對事，自然會嚴加防備，你認為凡事予疑，不貿然選邊站隊，切忌冒進逞強，還要故作謙虛，將情感深藏心底，

便能獨善吾身。

　　然而，當你能從長期的自省當中，不斷累積心得和智慧，你定能悟出放諸四海皆準之通理。這通理精簡如常識一樣，它長駐於心，協助你看透世情，洞察人心。

　　如你的智慧達到如此的高度，你會發覺這世俗裡的人，看似高深複雜，究其實盡皆愚昧無知，他們將簡單不過之事，看成難解，習慣思考過度。他們為自己捏造出一個妄想出來的現實，每個行為皆基於假設和懷疑而生。

　　你以客觀的角度去觀察身邊的人，從甲地到乙地，明明有條最短的直路，他們偏偏要在這大道以外，另闢蹊徑。在這世俗裡，真實之事，必無人相信，永恆的價值，反被人唾棄，人不被欺騙便不快樂，瞬間秒殺的快感，無不趨之若鶩。

　　你沿著鋪砌著堅實的大理石道行走，憑智慧和普通常識去生活，沿途愚昧無知的人比比皆是。無論你叫他們愚蠢也好，無知也好，其根源無過於他們從不自省，或甚至根本連自省的能力也沒有。🖋

《信路》

　　信由心而發，它一旦形成，便會主宰你的每一念和每個行為。你憑著信，會自發地朝著信所指示的方向思考和行動。而假如你不信，你將視該人和事為虛假，人言和假象將與你無關。它們可能為你帶來的不良影響，使你務必與那疑人疏離，亦設法置身於虛幻的事以外。

　　信與不信，直接影響你的生活，當你處於現實當中，你無法避免對某人某事置以信或不信。

　　假如你將一切否定，你內心對人事皆無信任，你至少也會相信你現在所踏之地，被那房

屋覆蓋，不致使你站不穩，將你壓死。

　　這說明了你的內心，永遠存在著信念，你只可憑著信與現實之結合，才可以思行合一，去成就人生中的萬事。

　　若你以為信是經深思熟慮而得，由客觀分析而來，那麼你對信的見解便相當膚淺。

　　其實信是相當虛無飄渺的，它和思考可以完全分割，就如你到動物園看見一個馴獸師，他將一頭獅子馴服得像頭貓一樣，他叫遊客騎上獅子，拍紀念照收取小費。你深感興趣，漠視了騎上獅背的風險，而馴獸師之言為你篤信，亦沒有可靠的實證，你卻毫不猶豫地衝上去騎上獅背，拍照留念。

　　聽說有過不少人因為信了馴獸師，冒了同樣的風險，終喪命於獅子的巨噬之下。

　　人心往往在信與不信之間，別無選擇地要在一瞬間作出決定。信理應要成為確鑿，為有根有據，方可為你開闢出一條信路，這信路會一直延續，成為一條可行而平坦的路徑，去領你到達成功的境地。

　　但如果信念受到催迫，你要在極短的時間投以信任，

那麼你的信，便缺乏了客觀的信據，信於此時，滲入了直覺和情緒上的偏好，你的信像被擠壓於別無選擇的境地，它的倉促，無異於迷信和淺信。

信於你便陷於一個為急於解決問題而作出決定的一個模稜兩可的境地。

你憑直覺去入信，你受唆使或懷著急於求成的心態將寶貴的信任交付出來，然後朝著這淺信去思行。

你的淺信成了一種賭博，你無理由相信這淺信的結果，必為正確，你在等候結果的時間，心如鹿撞，忐忑不安。

即使信的形成，可生於瞬息之間，它同時可以經過慎重而客觀的考量累積而獲得。你要釐清正信與錯信，並不困難。因為當所信為真確，它自會為你開闢一條可行之路，要你踏上並達至成功。

假如所信為虛，你沿著虛設的路大步走，那路形同虛設，未幾你會無路可走，處處皆為不歸之路。🐾

《無藥不苦》

　　人生若苦，那苦必要為你增值，那麼那苦所帶給你的難受才算值得。假如人生的苦，沒有其正面的價值，你硬受它便是毫無意義，你必須儘量將之免除。

　　這世上無藥是不苦的，你為了治好你的病，你便要忍著短暫吃苦的難受。

　　苦是一個人感覺最陌生的味道，就是因為它陌生，所以你對它感到抗拒，然苦頭吃盡了，到了最後，你該嘗到一份甘甜作為獎勵。

　　苦味並不是一種單調的味道，如你說苦必然就是苦，你的說法證明你對人生之苦，未曾

有過深刻的體會。

你要理解人生中所有的苦，皆源於你習慣了甜味久了，你開始感覺甜的厭膩，而當你棄了甜，下一刻你要嘗新味，眾新味結合成的複合味道，將叫你嘗到前所未有的陌生，然後你會稱它為苦。

亦即是說，苦是從不習慣、不適應而來，而這一切的苦，皆是你自討的，亦是你厭棄從前的甜味而得的後果。

既然苦是帶甜的，苦盡即甘來，苦對你有一定的裨益，你將要從口中吐出苦物之前，再忍受一下，你終嘗到的甘甜，比起你從前嘗過的又教你厭膩的蜜甜，將會是天淵之別。🖤

《勝方必以事實作為勝之根據》

別人說你壞話，砌詞去誣蔑你，對你極為不利的流言蜚語，沸沸揚揚，你就連造謠生事者是誰都懵然不知。當謠言經過幾重的傳播，終於傳入你的耳朵裡，你方才如夢初醒，無辜地成了戴罪之身。

謠言當然止於智者，不僅如此，假話謊言經不起時間的洗禮，它只是一層煙幕，只能迷糊愚蠢的大眾於一時。

即使如此，你必須就這樣的惡意攻擊，捍衛本身的尊嚴和清明，因為若果你對這些肆意中傷的話，聽而不聞，讒言便以單方面的形式

暫代事實，即使它是片面之詞，一時卻壟斷了事實的全部。

有一種情況，是你連播毒中傷的始作俑者亦無從稽考，無論聽信者或不信讒言的人走到你面前，問起你關於那些誣蔑你的事情，欲向你求證，你必須矢口否認。

你可以用簡短而嚴肅的言詞，對人澄清，釐清相關，無論別人的好奇心有多大，你為辨清事實所說的話，既要堅決否定，亦要簡單直接，點到即止。

對謠言的否認，也許只需一句短語，它可能是「我沒有做過！」的簡單聲明，你的辯護毋須冗長，它卻充分地表明你否定的立場，話既說出，造謠者的讒言和你的堅決否認，遂在大眾面前塑造出一個矛盾的現實。

你的否認就像將一個足球放在球場的中圈之中，讓信你的與不信你的人相互對壘。

你不用著急，亦不要懼怕流言對你的影響，因為事實在你，勝方亦必以事實作為勝之根據。

《最壞的情況永處於困難尚未完全沈澱之時》

局勢急轉直下，你經過深入評估，聽過不少專家的意見，你對這突如其來的災難將帶來的破壞性，難以感到樂觀。

你現時唯一能做的，是動員所有可用的人力物力，力挽狂瀾，將災難可能帶來的破壞，減至最低。

但即使你智勇雙全，作為領導者的你，看到從四方報上來的疫情，統統比你想像中壞，你開始懷疑自己的能力，以至懷你曾決定採取的防控措施是否奏效。

你甚至考慮過是不是應該退位讓賢，將滅災的重任卸下，你不難相信有人比你更勝任這項要務。

　　這疫情每況愈下，到了感染者的數目達到了一個失控的地步，你亦準備問責辭職之翌日，疫情戲劇性地驟見緩和，感染者的數目銳減，康復出院者的數字亦大大增加。

　　最壞的情況永處於困難尚未完全沈澱之時。

　　往往「沈澱」二字，意象上是漂浮物隨地力降至地面，層層厚積，而局面似再無變數之時，那麼你單憑觀察沈澱物所呈現的構象，方為定局作出最終的結論和定義。

　　往往不復改變的定局，等同於該事實必須為人所承認，確認。定局比局勢如漂浮物一樣的變化無定，反給人一個重新開始的契機。

　　你在事情尚未塵埃落定之時，容易錯判形勢，為了急於解決問題，你手忙腳亂，浪費資源，動輒做錯決定。

　　本來局勢應該正在處於自我修正的過程中，你可能將人為的錯誤捲入那災難的漩渦之中，所以當境況陷於最困難之時，它正是風雨飄搖，驚魂未定，遲遲未見沈澱下來。

抒
抑

如你以自然的姿勢向天拋物，你必須等到該物被拋至最高點的一刻，才能估算它將要掉落之點。當困難開始受控，它如物從天上開始向下墜落，而這墜落之勢，意味著這災難即將完結。◗

《心肝寶貝》

　　人人有其處世之道，這道必是從經驗中學習並領悟得來，經驗隨時日累積，人只要一日活著，他無可避免地時刻經驗著人生。

　　而學習是從對經驗反覆思考而獲得，所謂學習，其實是人對經驗的一種見解和心得。從來沒有人經歷過人生而沒有得到內心的沈澱，除非他的內心缺乏盛載的能力，他的心表向一邊傾斜，人生中的每個點滴，無法在他的內心留駐，隨心的斜面溜走，經驗對他來說，並未曾被深刻地記載下來，亦沒有任何可被學習的著跡之處。

可是對大部分人來說，每當一個經驗流過，隨之它在人的心表上會留下疤痕，他一生中經歷無數經驗，給內心心表所畫的疤痕便有數不清的多。

心表上的疤痕越多，雖然心靈的韌性會加強，它能抵禦人生中的最艱難的逆境，但畢竟這些疤痕，是一道重生的粗糙疙瘩的心表組織，疤痕多了，心靈的彈性會大大削弱。所以人的經驗越多，心靈對經驗的反應能力會變得剛硬而麻木，人會趨於缺乏好奇心和同情心，他對於別人的不幸，或遇上需要他仗義助人的情境，他會傾向於漠不關心、置之不理。

苦痛的經驗對人心是個狠鑿，留在人心表的疤痕會既深且大，它需要極長的時間癒合，如果同一負面經驗再次侵襲，傷痕會不堪一擊地裂破，然後再次淌血。

所以經驗反覆地使人感到痛楚，留在人心表上的深痕足以扭曲人心對世道之見解。

他的處世和生存之道完全是為了避免觸及傷痛而構想出來。受過傷，被人迫害過出賣過的人，其心表的傷口康復了不久，稍一碰撞又裂開淌血，他對人會缺乏信任，自信心亦相當低，他乾脆將真心深藏，儘量避免與人交

深，他對自身和周圍人物的關係恆以羊走入狼群作比喻，
處事為人被動亦固步自封，猜疑心重，無論到哪去皆有
危機四伏之感。

受過傷害，人心表上縱橫交錯的傷疤使人心變得剛
硬，他們和赤子童心剛好相反，能裝載新事物的容量極
為有限，人世間的真心誠意，能扣人心弦的箴言雋語，
難以軟化他們已然僵化了的心壁。

醫生常常掛在口邊，長期酗酒會導致肝硬化。肝硬
化是不可逆轉的疾病，它從健康狀態至纖維化，歷經十
至三十年的過程。

而人僵硬了的心表可比纖維化了的心臟。人心每分
每刻要感應別人的心，對人付出關懷和愛心，但健康的
心表從柔軟富彈性而變得剛硬，可能比長期酗酒的人的
肝纖維化更快更容易。

但人心和肝臟極不相同之處，是心靈具備和他心互
通的能力。

人的心靈若因為經歷過太多挫折、傷害和失信，而變
得剛愎不仁，或缺乏對人世間溫情暖意的感知，人可以
藉著善與良人的心靈互通，而得到滋潤。滋潤了的心表，

會從剛硬變得軟化，過往因傷痛而留下的傷疤，會得以
撫平。

　　愛從他心傳達至受過創傷的人的內心，並使之圓滿，
恢復其彈性。傷過的心如今因愛得以痊癒，人從擴大了
的心表，以新心去重新感受人生，方才知道人生非苦，
只因為人間有愛，愛必可長存。🐝

《信》

你踏上的路，是條被砸毀了的路，路旁攔
著許多塌樹，你不知道這條路近日發生了什麼
災難性的事情，你極目而視，只見前路寸步難
行。

但無論路是如何的爛，塌樹如何地堵塞了
前路，無奈這路是通往目的地的唯一道路。

你踮著腳尖，見步行步，遇到攔路的樹，
你只好將它們挪開，或大踏步一一跨過它們。

從前你走過這路無數遍了，它原來是完好
無缺的，無數人沿這路而行，去他們要去的地
方。

但目下的路崎嶇不平，諸多攔阻，它卻又是唯一可行之路，這意味著你必須接受這路之難行，和這路將要帶給你的艱辛。

你以為單靠你的本事，可走完這路，但當你越走下去，你開始感到確實低估了這路之難，你舉步維艱，想半途而廢，卻又不可輕言放棄。

就在你灰心喪志之時，忽然內心湧現出一股信念，它使你自覺自身的能力，足以凌駕當前的困難。

你的信念使你從絕望的低谷中反彈，它使你更相信自己，亦大大增加了你抗衡逆境的能力。

你面對著滿目瘡痍，你以為你無法克服困阻，而信本身，成了你最大的心質和裝備，去力挽狂瀾，突破困境。

信出於自發，尤其是在你一沈不起的時候，信為你開拓新路，另闢蹊徑，它成了你在困境中的唯一倚靠。

你或許會問：「信從哪裡來？我怎樣才會有信心去克服困難？」

信心結合了主觀和客觀的事實，你從本來的懷疑自己，到了一個不容你猶豫不決的地步，你唯有靠著內心

僅存的信，去將之強化擴大。

　　不斷擴大的信心便是一個人對自身的絕對肯定，並以這肯定，將自身主觀潛藏的能力發揮出來，去否定從前認為不可能的事情，並出乎意料地予之實現。🔊

《知性不知情》

男或女的定性，不在於他們生理的性徵，準確一點，性別應以人各自心靈的屬性作定義。

所以社會裡總有一小部分人，存在著性別障礙，他們的心理傾向和生理特徵恰恰相反。

男性女性，可以依據他們對情對性的態度作釐清。

女性因情而性，而男性不知情性二分，男性以性需要為由，作為接近女性的主要目的，當性的目的達到了，然後方由性生情。

所以男女性就性與情的追求是逆向而行的,女性於是要向男性學習性,而男性要以女性作為中心,去學會愛,學會情。

性雖為情最赤裸而具體的表現,但若人只求性,性所帶來的短暫歡愉,對愛情的本質,並無提升的作用。

女性多不會無情而性,而男性則視情可有可無,先性而後快。

女性一旦獲得愛情,她們會對愛侶越加專情,而當男性得到魚水之歡的滿足,女性需要延續那短暫的溫存,要緊擁對方多一點的時候,首先撤出的,必是男性。

情是一種男女之間的牽繫,它像一條綿長的毛線絲絲入扣,編織出一件溫暖禦寒的毛衣。

情由女性主導,天下女人皆為情聖。

男性對於性與情,總厚此薄彼,他們對愛情與時並退。與生俱來對性的強烈慾望,早就被他們縱溺濫盡了,性慾隨年齡的增長變得淡薄了,與之相關的情亦會變得淡薄。

當男人垂老，頓時會變成孤獨者，他們生活枯燥乏味，抽下煙，喝點小酒，不到日落西山不會回家。

性在男女遲暮之年讓位給情，女人因善於情感的表達，而成了家庭的守護者。性曾一度為提升男女關係的手段，如今愛侶俱老矣，唯有情能長久地維繫他們在一起，白頭偕老。🐾

《愛的廣播》

　　我愛你們，無論你們是我的親人也好，是我的朋友同事也好，每每見到你們，我心裡便感覺無比的喜悅。

　　只因為愛，我才讓你們走進我的生命裡，然後到了後來，我才知道愛人殊不簡單。

　　其實我對你們丹心一片，我早就準備好因為愛你們而犧牲自己。但當我的愛觸發你們對我熱情的回應時，我漸漸地覺得吃不消。

　　你們對我的熱愛，總帶著期待，這一切因我而起，所以我不能罔顧你們的需要，我要定時定候探視你們，如你們當中有貧困的，我情

願自己省點錢，也要出手襄助；你們五日一小宴，十日一大宴，我便犧牲一下私人的時間，儘量去參與。

我發覺我越是熱情待人，走到街上遇上什麼親屬良朋的機會便多，他們會期望我以笑相迎，甚至於鋪排一些後續的約會。

盛情難卻，我知道我在他們心中的地位相當重要，但當我難得偷閒，我會三省吾身，我發覺我的博愛招來太多別人對我的期望，而親朋越多，我便顧此失彼，難免叫一些愛我的人大失所望。

逃避不了的一大堆的應酬，從未停止過聆聽別人訴苦，我對他們的愛漸變得麻木，我開始皮笑肉不笑，我感覺疲憊、厭倦。

我想：也許我是眾人心裡的開心果，也許親朋聚會若少了我，會驟見失色，也許他們對我有相當高的期望，而我呢？我能不能在想離群索居一下時，拒絕他們的要求？

當我聽人訴苦聽到心煩了，我可以掩著雙耳，叫他住口嗎？

　　我愛人，我的原意是要在我愛的人的心田上播下種子，然後讓愛滋生擴大，但原來當這些種子在他們心裡順利生根發芽，他們會自然地視我為陽光與空氣，去為他們的心靈作滋養。

　　我自覺我能愛人，我本人亦該相當受人歡迎，但我卻深深感受到，當我的愛廣播出去，我卻無法持續滿足我愛的人對我的期望。

　　他們對我的期望，似無止境，而我呢？我又能期待他們對我說什麼，為我做什麼？〽

《合理的疑必建基於實際》

疑生於對人之不信，疑是一種對人不置可否的懸念，它甚至可以發展成一種跡近對人的否定。

你不以那人的虛為實，但你卻又不敢肯定他確實為虛，你試圖在那人身上蒐集證據，以證其虛實。

那人之虛實，對你異常重要，也許你已對他投入了感情，或你將要和他合作共事，他是否可信，關乎你靈性上、利益上的禍福。

即使你對人有疑，你必須明白你並不一定有充分的證據，去證明那人之不可信，所以你

的疑本身並無實質，它可能只是一種揣測、一種畸念。
如是，你疑的感覺本身亦本為虛。

你以虛的疑，去蒐集別人是否可信的證據，即使你從
他身上所觀察得到的結論似是如何地確鑿，這些證據無
法沈澱於屬虛的疑團裡，到頭來，你無法區分信疑兩路，
那人尚維持在你疑幻疑真的妄想之中。

真實而合理的疑，必須建基於實際。

疑之生，必先存在合理的理由。疑要是合理，它必
自然而來，它總是人對不尋常的異象所生出的自發反應。

如果你的疑合情合理，你多不會為疑人產生出忐忑
之心，你反而會異常冷靜去聽其言，觀其行，然後有所
心得。

世上太多蠢人的疑，是基於缺乏自信，他們永遠以
與生俱來的多疑少決，和自身的眼界去了解別人。為了
釋疑，便自然地向疑人發出諸多叩問，死纏爛打。

這樣的人，內心反覆不定，安心了一會，疑心妄想
又復發了，到頭來他們只會繼續被虛偽者瞞騙，反而真
君子卻真怕了他們，并予之遠離。🖐

Fluke-Less

Boomeranging

A bad boomerang thrower hits a tree, the ground, an innocent walked-by person. He does not achieve the goal of getting back the boomerang he throws out.

The boomerang he is used to get on hand can be invaluable, unique and an inheritance from his passed-away forebears.

And because of lack of skill, his nastiness, over strengthening and missed gestures, the boomerang thrown out finally falls into a faraway lake, disappears and becomes an unreclaimable garbage.

To get the best out of Life, it is similar to throwing a boomerang.

If we are good in boomeranging, from throwing out to getting back of the boomerang, it looks like what we give and eventually take are just equal, …

But just think deeper, the exceptional and extraordinary experience we get in the middle of boomeranging, sums up from what our lives that we get. ❤

Water Like Flair

Water drawn from the well and is used in cultivation.

Plants get hydrated becomes food for men.

Carbohydrate in plants gives energy to men, enabling men to work and to create.

Water may not be the only element to become a cause and effect for all we see and use in men's creations, but it is definitely one of the indispensable things in the realisation of artificial creativity.

Ok then, your born flair after exposed to the reality is like underwater to surface flowing water used in cultivation, it will help and turn its nature, be modified in its forms to your own authentic life achievement.

Correctness

Correctness is a perpetual process of precipitation.

It has never been derived from logical thinking, it is not debatable, it is never conditional or discretional or preferential, it must be practiced before proven by unintentional collective mistakes and learned lessons.

Human lifespan is far too short to enable us to justify what should be Correctness.

Correctness is like a lifetime or even multiple lifetimes of precipitating process to achieve a separation of crystal clear solvent at the topper layer in a glass cylinder and an under part of the disposable dirt and disposables.

In absolute Correctness, we only have trusts and the reckoning of, in fact in reality nobody experienced what is absolute Correct, it should be appropriately considered as provisional self fulfillment and cloud like fantasy.

Before Correctness becomes explicit, it is sheerly an unground personal disposition and prejudices. ❧

Objectivity

Those things and felt which involved meaurability, reproduce-ability, of fixative or perpetual nature, their changes that are recognizable, perceivable, can develop, scroll backwards, can be acknowledged and comprehended impartially, and in humane sense morally distinguished, are OBJECTIVE. ❦

Mount Life

Climbing to the top of Mount Everest in Himalaya is a Success.

Mount Everest is measurable, its climatic conditions from the root of it until the top in different seasons are observable and predictable, difficulties hardships in the hike of it because of the rough landscapes have been experienced by former adventurers, equipments, supplies of essential can be well planned.

In this case the conquer, the overcome of adversity in the embankment on Mount Everest becomes very much in grips. Succeeds of reaching its top is definitive depending on if you will decide to take the challenge.

Life success is different, life is full of uncertainty, the roughness and the height of it vary from time to time.

In succeeding Life, you give your all, you try to rectify your shortcomings, bear all pains…

You don't know if you succeed Life until you are at your final Life stage. ❤

Behaviors

Behaviors replace words of mouth as true conveyance of intentions and mindsets.

Behaviors leave prints and traces and rebounds that become part of the reality that cannot be hidden, disguised or erased.

Behaviors are comprehensible, measurable, describable, comparable, but undeniable.

Anything that words of mouth cannot expressed in exact accuracy, just by observing people's behaviors, the hidden agenda and their unconsciousness will be revealed. ❂

Art of War

Understanding of ourselves is the pre-set of understanding any others.

If we don't even understand ourselves, our reckoning of the others will just be speculative, imaginative, ungrounded and without any self referencings.

To win a battle, to win against others in a competition, without understanding ourselves, our victory over others will just be fugitive, inconsistent and a mere luck.

"Know when to fight and when not to fight: avoid what is strong and strike at what is weak.

Know how to deceive the enemy: appear weak when you are strong, and strong when you are weak.

Know your strengths and weaknesses: if you know the enemy and know yourself, you need not fear the result of a hundred battles."

"Art of War" Sun Tzu 470 B.C.

Every Said and Done

Every said and done, no matter good or bad, will be responded and reciprocated like a boomerang.

Those reciprocations may be well felt and recognized as reasonable consequences, but some not, most of them are not easily comprehensible because of our ignorance, and we will foolishly call them Destined. ❧

抒抑

作者：	薛穎言
插畫：	唐訓
編輯：	Margaret Miao
封面設計：	4res
內文設計：	4res
出版：	紅出版（青森文化）
	地址：香港灣仔道133號卓凌中心11樓
	出版計劃查詢電話：(852) 2540 7517
	電郵：editor@red-publish.com
	網址：http://www.red-publish.com
香港總經銷：	聯合新零售（香港）有限公司
台灣總經銷：	貿騰發賣股份有限公司
	地址：新北市中和區立德街136號6樓
	(886) 2-8227-5988
	http://www.namode.com
出版日期：	2022年1月
圖書分類：	文學/ 散文
ISBN：	978-988-8743-59-9
定價：	港幣99元正/ 新台幣400圓正